U0140960

孙振华

著

NEW IDEAS IN
PRESENT TIMES

公共艺术时代

图书在版编目（CIP）数据

公共艺术时代／孙振华编.—南京：江苏美术出版社，
2003.8

（策划时代）

ISBN 7-5344-1479-2

Ⅰ.公…　　Ⅱ.孙…　　Ⅲ.城市－景观－环境设计

Ⅳ. TU-856

中国版本图书馆 CIP 数据核字（2003）第 065255 号

策划设计	顾丞峰
	皮　力
责任编辑	顾丞峰
封面设计	卢　浩
版式设计	王洪志
责任校对	吕猛进
责任监印	吴蓉蓉
责任审读	钱兴奇

公共艺术时代

江苏美术出版社出版发行

（南京市中央路 165 号　邮编 210009）

江苏省新华书店经销

淮阴新华印刷厂印刷

开本 889 × 1194　1/32　印张 5

2003 年 8 月第 1 版　2003 年 8 月第 1 次印刷

印数 1-5,110 册

ISBN 7-5344-1479-2/J·1476

定价：15.00 元

孙振华 著

公共艺术时代

目 录

策 划 时 代 系 列 丛 书

生活 在 策划 年代

生 活 在 策 划 年 代

　　翻开《现代汉语词典》，"策划"一词的解释是"筹划；谋划"。本来"策划"是个中性的词，但直到20世纪90年代以前，中国人的词汇中"策划"的含义还隐隐约约地有些贬义。改革开放的脚步催生了各块沉睡的土地，策划一词也应运而生逐渐出现在经济、文化等各领域。随着传播业、娱乐业视觉文化的发展，"策划"的含义逐步从一种简单的"计划准备"演变为一门"专业"，最后竟成为现在的一种"行业"。可以这么说，对策划的强调与凸显，正体现出在一个知识年代信息时代里，社会对人的主观能动性的最大程度的重视，也是社会分工的最好体现。

　　策划在文化艺术上的天地之阔自不待言，毕竟艺术只是一种情景与情感的预设，一种梦境，是一种对于虚拟境界的勾勒，在艺术创作与艺术策划越来越不容易截然区分的年代，我们面对的现实是，社会影响大的艺术已经不单纯停留在个人创作的传统空间，而更多

是在广阔的社会空间中才得以辉煌地完成。

那么究竟什么属于策划？可以说，一切对结果有所预测并付诸实施的过程都可以称为策划。美国的艺术巨商利奥·卡斯特利能够在日后的大师劳申伯格、安迪·沃霍尔、李希腾斯坦等人刚出道时就慧眼独具地将其作品收归旗下并大手笔投入商业运作，最终在诸位成为大师之后，他自己收藏的作品售价也水涨船高，这是最好的策划；国际大地艺术大师克里斯托能够不惜八年光景，鼓动德国国会讨论他对国会大厦的包裹方案并最终得以实施，那也是策划；中国在海外最走红的艺术家蔡国强能够在短短的时间里说动上海市政府配合他完成规模空前的2000APEC会议焰火晚会计划并大获成功，足以证明他是个了不起的策划人，而且是集策划人与艺术家于一身。

作为一套系统丛书，我们的"策划时代"丛书的编撰可谓应和时代和社会的要求。在艺术上的策划上，国外毕竟比我们先行许多，所以我们首要的任务就是借鉴，他山之石可以攻玉，何况是他山之玉。

本丛书第一批有《策划人时代》、《展示空间时代》、《艺术大展时代》和《公共艺术时代》四本。其中《策划人时代》重点论述为什么说当代艺术已经进入到"策划人时代"，同时列举国际上成功的

策划范例，也结合中国当代艺术的特点，谈到处于起步阶段的中国策划人的经验和教训。《展示空间时代》主要介绍国际上新的展示空间概念，结合外空间与内空间的实例，介绍艺术家如何利用空间，策展人如何安排空间等既具有技术性又具可操作性的内容。接下来是《公共艺术时代》，公共艺术是近年来谈得比较多的一个话题，它将艺术从室内、从架上、从贵族化的趣味中解放出来，艺术在真正与大众、与社会的交流和反馈的过程中，寻找到了它新的立足点。该书介绍国外的公共艺术状况和理念，也结合中国的实际情况。最后《艺术大展时代》则主要介绍当代国际上各层次的艺术大展，如双年展、三年展、文献展等以及大展的地位、特点、频率。此外还有中国艺术家参加国际大展的情况，也对国际大展的地位和影响做出了评述。

    本套丛书对于阐释策划理念仅仅是一个开始，接下来还可能涉及其他领域。我们既然无法逃脱策划的年代，我们就只好加入策划，在策划中实现社会的目的，同时也实现我们自己。

顾丞峰　2002年8月

生活在策划年代

策
划
时
代
系
列
丛
书

从茶馆和咖啡馆 谈起

什么是 公共艺术

一 从茶馆和咖啡馆谈起——什么是公共艺术

20世纪，中国的战争年代，茶馆里总会挂一块牌子——"莫谈国事"，据说这是古代留下来的传统。谈论风月，或者家长里短，鸡毛蒜皮，永远是茶客们保持政治正确乃至性命无虞的永恒话题。

无独有偶，在17世纪70年代，英国政府也发现了咖啡馆里的危险，人们不仅在里面说三道四，还要进行各种辩论，在动荡的形势下，咖啡馆可能成为孕育政治动乱的温床；于是，政府发表文告进行警告。人们自以为有一种自由，可以在咖啡馆或者其他聚会中随意评论和诋毁国家大事，谈他们并不懂的事情，制造和鼓励一种普遍的猜忌和不满。

在今天看来，茶馆和咖啡馆是典型的公共场所，是公众自由交往的地方，为什么在过去的年代里，茶馆、咖啡馆会禁止谈论有关政治的话题呢？关于政治，孙中山先生有个解释，他说政治就是众人之事，照此追问下去，众人的事情不允许众人来说，众人之事就成了少数人的专利，由少数人来决定众人的事情，为了防止众人不满意，最简单的办法是堵住众人的嘴巴，所谓防民之口，甚于防川。于是我们有理由认为，在一定的社会背景中间，人们虽然身体活动在一个共同的空间，但这并不意味着这个空间是可以自由地交流思想的空间，很简单，这个空间有禁忌，在这里，有些话能说，有些话不能说，在这里思想的表达和交流是受限制的。

过去的茶馆、咖啡馆虽然看起来可以坐在里面摆"龙门阵"，但是公众没法在里面自由说自己想说的事情，人的说话和交流的权利被剥夺了，这样的场所其实是一个没有公共性的场所。

从茶馆、咖啡馆回到我们的题目上，什么是公共艺术呢?

公共艺术的基本前提是公共性，在一个连基本说话的权利都受到限制的社会，在公众表达自己的观点和意愿都不能得到保障的社会，是没有公共艺术可言的。

事实上，"公共"这个概念并不是从来就有的，德国有个著名的哲学家哈贝马斯对公共领域和公共性的问题做过专门的研究，根据哈贝马斯的研究，"公共"这个概念在西方是社会历史发展到一定阶段后出现的。在英国，从17世纪中叶开始使用"公共"这个词，17世纪末，法语中的"publicite"一词借用到英语里，又出现了"公共性"这个词;在德国，直到18世纪才有这个词。

公共性本身表现为一个独立的领域，即公共领域，它和私人领域是相对立的，它讨论的是公共的事项，同时，它与权力机构也是相对立的，"公共领域说到底是公共舆论领域"。在封建社会，"普天之下，莫非王土"是没有公共领域这一说的，前面说到的茶馆和咖啡馆的禁忌，就是由当时的社会性质所决定的。

公共性是对公民参与公共事项权利的肯定。这是人的基本权利。这一点也是18世纪才出现的事。美国于1776年在《美国独立宣言》指出："我们认为这些真理是不言而喻的：人人生而平等，他们都从他们的'造物主'那边被赋予了某种不可转让的权利，其中包括生命权、自由权和追求幸福的权利。"

法国于1789年在《法国人权和公民权宣言》中写道："思想和意见的自由交流是最可宝贵的人权之一。人人享有言论自由、写作自由和出版自由，但要对滥用法律所规定的这种自由承担责任。""在一个自由的国度里，每个人都认为他和一切公共事项有着利害关系；有权形成并表达自己的意见。"（伯克）对于人的基本权利的肯定，成为几乎是每一个现代国家制定宪法时候的基础，不管这个国家的意识形态是怎样的，至少在口头上，都要表示对人的基本权利的尊重和保护。

综合上述的观点，我们可以看出，作为西方社会学概念的公共性和公共领域，至少具有如下基本特征：

1. 它是市民社会的产物，在封建的、专制的社会制度中，不存在公共性和公共领域；

2. 它是民主的、开放的、进入了公共领域的；它与私秘性、封闭性是相对立的；

3. 它是舆论的、参与的，是可以自由交流和相互讨论的。

广义的公共艺术与狭义的公共艺术二者之间的区别。

既然"公共"这个概念不是从来就有的，那么，"公共艺术"这个概念同样也不是从来就有的。

近几年，公共艺术这个词在中国出现的频率比较高，人们往往认为，公共艺术就是公共场所的艺术。例如，台湾省目前比较流行的对于公共艺术的理解就是如此，"公共艺术是指设置于公共

从茶馆和咖啡馆

空间的艺术品"，包括绘画、书法、摄影、雕塑、工艺等各种手段和技法。除此之外，人们甚至把只要在时间上和空间上能够和公众发生广泛关系的艺术样式，如表演、歌舞等都包括在公共艺术之内。

可见，目前中国人对公共艺术偏重于从比较宽泛的意义上去理解，一般是广义的使用公共艺术的概念，自然，凡是城市雕塑、环境艺术、景观艺术都无一例外被看做是公共艺术。尽管这种说法约定俗成，但是它带来的问题是，公共艺术这个概念所蕴含的特定的价值观被忽略了。事实上，有些城市雕塑、环境艺术、景观艺术之所以是公共艺术，因为它具备公共性，有些则不能看做是公共艺术，如果不加区别，笼统地冠以公共艺术的名称，作为一个概念，是不严格的。发生在公共场所或公共空间，是公共艺术的必要条件，同时，公共艺术还有另一个必要条件，就是必须具备公共性，这一条恰好被广义的公共艺术忽略了。

本书使用狭义的公共艺术概念。在我们看来，用"公共艺术"这个词不是因为它说起来好听，或者是一个挺新鲜、别致的说法，也不是因为这个词可以与环境艺术、景观艺术和城市雕塑通用，而是这些概念的另一种表述：我们认为公共艺术代表了艺术与社会关系中的一种新的取向。

为了说明公共艺术不能简单地等同于环境艺术和城市雕塑，我们不妨先看看两位美国艺术家所作的艺术。

约翰·艾亨和里戈伯托·托尔斯是在美国纽约南布朗克斯生活和创作的两位艺术家。这个社区是纽约最贫困的少数民族居住区，这里的居民绝大多数是西班牙裔的美国人，在大多数纽约人看来，南布朗克斯无异是一座黑牢。上世纪90年代初，警察在这里的一个分区，一年就接触到大约600起暴力犯罪案件。这里人们对暴力、吸毒、家破人亡早已司空见惯，一些无家可归者和毒品交易贩子就蜷伏栖息在大约500座被废弃的建筑里。

1979年，艾亨作为一个艺术家，住在纽约东村，当时，他在进行一种"流行模型"的工作：利用活体翻制的办法，翻制在他周围生活的人们。这时，一个在南布朗克斯长大的波多黎各人托尔斯对这种翻制的工作也产生了浓厚的兴趣。当时，这个小伙子才18岁，他说服艾亨离开东村，住进南布朗克斯的沃尔顿大街，并翻制大街上的人们。结果，托尔斯成为艾亨的徒弟，开始了与这个街区的居民长达13年之久的密切关系。

最初，当他们动员街区的居民翻制肖像的时候，先是悬挂了几件本街区居民都熟知的那些人的模制塑像，于是，一种新样式的雕塑作品正在本社区展出的消息不胫而走。当然，开始要得到街区居民的合作并不是一件容易的事情，有时，他们要花去几个月的时间劝说人们参加翻制，为了勾勒整个家庭成员的形象，他们会长时间地在居民的住房外徘徊，有时，他们会因为居民突然变卦，取消了事先的约定而前功尽弃，不过他们相信，随着工作的进展，人们是会越来越能理解他们的。

他们在街区上为居民翻制面模完全是公开的，有时候甚至像一个小小的节日庆祝。翻制工作通常在户外的路边，当着亲戚、朋友和邻居的面进行，大家彼此都很熟，当他们看到自己身边朝夕相处的人，变成一件雕塑的时候，他们的惊讶、欣喜甚至是疑惑都是显而易见的。每一个同意被制成模型的人事后都有权利得到一个自己的塑像，从此，这些塑像就和这些人生活在一起。当他们的翻制作品积累到一定的数量，艺术家就会在街区以及在美术馆做一个展示，同时将一些作品永久性地悬挂在街区的墙壁上，形成一面面的雕塑墙。当这个街区的廉价公寓光秃秃的墙上悬挂了许多本街区居民的翻制塑像时，这种翻模工作成了街区居民的一种无法抗拒的诱惑。（图1）

（图1）艾亨与托尔斯街区作品

　　这是一种生命的档案，这些平凡的生命过去几乎没有被人关注过，自从有了这些塑像后，当人们再漫步在街头，就会看到自己，看到自己所熟悉的人物，这些塑像的主人现在就活生生地生活在这里：开餐馆的、当清洁工的、卖插花的、做理发师的。慢慢地，这

些人物为能够在艺术家的作品里得到再现而感到光荣。（图2）

过去，南布朗克斯的居民生活在一个狭小的空间里，他们很少旁涉他日常行程以外的地方，艾亨和托尔斯的翻制活动穿越了城市商业区和贫民区的界线，打破了白人、黑人和西班牙裔人的隔绝状态，也许，他们的艺术并不能改变这些人的生活习惯，但是它们改变了这里人的狭隘的、封闭的空间观念，使这里的居民朝着开放的方向转变。

尽管悲剧和暴力在这个街区比比皆是，但是，艺术家从这些模特儿的身上看到的更多的是人的尊严，看到的是街区居民的善良和幽默，这种翻制不同于一般的写实雕塑的概念，将人物做得很像、逼肖就够了，更重要的是，它在倡导一种文化多元化和包容精神，面对这个特定的街区居民，艺术家体现的是一种对社区居民的关怀。艾亨拒绝出售他的这些作品，甚至连外出展览，他都十分慎重，他惟恐展览和任何商业的动机会破坏他与南布朗克斯居民所建立的亲密的关系。同时，他还注意他的作品在艺术界展出会破坏南布朗克斯生活的平衡，警惕他的作品被利益所利用。（图3）

在艾亨和托尔斯长期的翻制艺术工作中，出现了许多有意思的个案，例如，有一个39岁的黑人妇女，是个清洁工，长得很瘦，但很自尊，由于疾病，她在医院住了一段时间，疾病使她的手指关节弯曲，皮肤变得粗糙，艾亨担心她对自己真实塑像会有不好的反应，于是又做了一个经过美化的塑像，结果，这个妇女选择了原来的那尊塑像，她要以自己的真面目示人，"这是我第一次像别人看我一样看到了我自己，我看到力量和美，我不在意自己的缺陷，"这位妇女还表示，"愿意我的塑像被人买去或者立在医院，让更多的病人见到它。"

将艾亨和托尔斯的作品与一般的城市雕塑、景观艺术进行比

（图2）艾亨和托尔斯作品　　　　　（图3）艾亨和托尔斯作品

较就会发现，艾亨和托尔斯的艺术也是"城市的"、"雕塑的"，也可以说是"环境的"和"景观的"，但它又有许多一般的城市雕塑、环境艺术、景观艺术所无法涵盖的东西，如果说，艾亨和托尔斯的翻制艺术与城市雕塑、环境艺术和景观艺术有区别的话，那么，这种区别不是外在形态上的，而是内在思想上的。艾亨和托尔斯追求的不是作品的"艺术"效果，而是"社会"效果；他们要解决的问题不是美化城市、美化环境的问题，而是社会的问题，是对因种族而处于社会边缘的弱势群体的关怀；他们强调的不是个人的创造和个人的风格，而是最大限度地与社会公众的沟通，与特定社区人群的沟通；他们突出的不是艺术家的身份，作为艺术家他与对象和观众不是分离的，而是平等的、融入的、分享的。

公共艺术属于当代艺术的范畴，它不同于古典艺术和现代主义艺术。

对公共艺术广义的理解实际是将公共艺术看成了一个历时性的概念，实际上，公共艺术有自己质的规定，它属于当代艺术的范畴。严格意义上的公共艺术出现在20世纪60年代，它的出现有着深刻的西方文化发展的背景，这一点，我们在下一章还要作专门的分析。当代艺术与古典艺术和现代主义艺术相比，它所面对的是一个新的

文化情景，它要解决的是新的历史、社会、文化问题。

如果我们看看20世纪六七十年代美国公共艺术的重要人物克莱斯·奥登伯格的作品就比较容易看清作为当代艺术范畴的公共艺术与古典艺术和现代主义艺术的区别。（图4）

克莱斯·奥登伯格（1929年出生）被认为是兴起于20世纪60年代的波普艺术的代表人物。他出生于瑞典的斯德哥尔摩，由于父亲是一名外交官，他早年曾经在纽约和奥斯陆等地生活，后来，全家移民美国。20世纪50年代中期，奥登伯格定居纽约，投入到新的艺术创新运动中。他受过良好的教育，曾分别在哈佛大学和芝加哥艺术学院学习过文学和艺术。在艺术上，他刚刚出道的时候，正值美国后现代主义艺术风起云涌，而曾经名动一时属于现代主义艺术范畴的抽象表现主义的潮流受到了这种新艺术的挑战，这个时候，奥登伯格表现出对于偶发艺术和环境艺术的兴趣。（图5）

奥登伯格在艺术上第一个成名之作是1961年12月开办了一家特别的"商店"，这是一家真实的商店，但店里的柜台和货架上出售的却是一些用着色石膏复制的食物和长袜、衬衫等其他家庭生活用品。（图6）这个商店一共开办了两个星期。后来他做了一些大型户外"食品雕塑"，如《大型冰淇淋蛋卷》（1962年）等就与他"商店"的物品有密切的关系。

20世纪60年代中期开始，奥登伯格开始创作放置在户外的大型公共艺术作品，这些作品风靡了整个欧美。放置在法国巴黎拉·维莱特公园的这件作品（图7）是一辆巨大的自行车，一半埋在土中，在这个雕塑边游玩的小孩根本没有把它看做是一个什么了不起的东西，只是一个游戏的器具而已，当这些日常生活中最普通的物品以超常规格放大，作为雕塑出现的时候，让人觉得亲近、好玩。奥登伯格的这种波普风格的雕塑之所以被看做公共

（图5）奥登伯格作品《衣夹》

（图6）奥登伯格作品《大型冰激凌蛋卷》1961

艺术，因为它消解了传统雕塑的神圣感，使雕塑与公众的关系发生了变化，因而具有较强的公共性。

过去，大型的户外雕塑一般和庄严、肃穆、纪念性、永恒性联系在一起，奥登伯格的雕塑恰好是对这种传统观念的挑战，对此，他专门设计了一系列"反纪念碑"的雕塑，尽管这些雕塑大多并没有真正能够得以实施，但表明了他的雕塑所具有的独树一帜的特点。例如，他设计了既模仿华盛顿纪念碑，又调侃华盛顿纪念碑的一把大剪刀。（图8）他解释说："显而易见，这把剪刀在形态上是模仿华盛顿纪念碑的，但同时也表现出一些饶有趣味的差异，如金属和石质的区别，现代的粗鄙和古意之盎然的不同，变动和未定的对立。"他还做了其他一些反纪念碑的方案：为纽约时报广场做了一个庞大的剥了皮的香蕉；为纽约的下东部做了一个巨大的熨衣板；为中心公园做了一个庞然大物——特迪熊。奥登伯格的这一系列被称为波普艺术的作品最为引人注目的地方，是过去让普通民众觉得高不可攀的雕塑走下了圣坛，降解为一种快乐的、平民化的物品，给

（图7）奥登伯格作品

公众带来了快乐，也给艺术带来了变化。（图9）

  让老百姓身边的最普通的物品具有高大的体量，这种从极小到极大的变化，本身不仅是物品的提升，更重要的是老百姓地位的提升。比较古典的户外雕塑的经典之作，米开朗基罗的《大卫》（图10），这种区别显而易见。位于意大利佛罗伦萨市政广场的《大卫》是神圣、庄严和纪念性的典型。大卫是圣经中所记载的古代犹太人的国王，当他还在少年牧羊时代，就英勇无比，打败了非利士族巨人哥利亚，受到了人民的爱戴，米开朗基罗的《大卫》选择的就是这次战斗前的一个瞬间。大卫高5.5米，体格健美，左手举到肩膀，紧握肩上的投石机弦，右手有力地下垂，似乎拿了一块石头，头猛烈地扭向左面，紧锁双眉，嘴唇紧闭，怒目注视前方。大卫的姿势既稳定又有动感，似乎蕴藏了无穷无尽的力量。米开朗基罗创作这件作品

从茶馆和咖啡馆

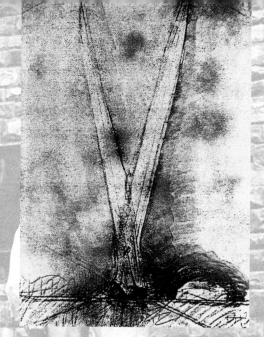

（图8）奥登伯格作品草稿

的时候，丝毫不掩饰他对人物的理想化的处理，他说："几千年之后，有谁会去管他们本人的面貌是怎样的。"大卫站立在一个高高的基座上，这是一座理想主义的，充满了崇高精神的人的纪念碑，它是那个人性刚刚苏醒时代的精神需要，他塑造大卫反映了这时代需要建立关于人的自信心，公众需要仰视"大写的人"这种精神需要。

现代主义雕塑是对古典艺术的超越，但是，在许多方面仍然有一脉相承之处，以亨利·摩尔为例。他的雕塑就是典型的现代主义艺术。亨利·摩尔的作品（图11）与米开朗基罗相比，他雕塑的语言方式变了，放置地点变了，但是与公众的关系却没有根本的变化。如果按照对于公共艺术的广义的理解，人们一般可能会把亨利·摩尔的雕塑看做是公共艺术，但严格说来，他的作品还是一种相当个人化创作，在这一点上，他的作品与米开朗基罗并没有本质上的区别，有区别的只是在个人语言方式上的不同。亨利·摩尔的作品放在一个"现代主义"的环境中，特别是放在现代建筑周围，放在一个漂亮的大草坪上，是非常出色的，但这种效果是视觉的，是审美的，在社会学的意义上，它们缺乏我们所说的"公共性"。亨利·摩尔的作品是艺术家个人与环境的一种对话，由于这种对话，作品与环境达到了一种相当的默契，使得来到这个环境中的其他人也获得了感染。问题是，就像任何作品都可能感染观众而不能将凡是能让观众感动的任何作品都看做公共艺术一样，亨利·摩尔的作品还是看做环境雕塑比较好。

（图9）奥登伯格作品

公共艺术不是一种艺术形式，也不是一种统一的流派、风格；它是使存在于公共空间的艺术能够在当代文化的意义上与社会公众发生关系的一种思想方式，是体现公共空间民主、开放、交流、共享的一种精神和态度。

公共艺术这个概念的价值和意义，不在于它是什么形态，事实上，公共艺术可以采用各种方式来实现，诸如建筑、雕塑、绘画、摄影、书法、水体、园林景观小品、公共设施；它也可以是地景艺术、装置艺术、影像艺术、高科技艺术、行为艺术、表演艺术等等，重要的不是形式，而是公共艺术所体现的价值取向。

公共艺术概念引入中国，是中国社会发展的需要，在转型期的中国社会，人们对于公共艺术这个外来概念正在结合中国的背

从茶馆和咖啡馆

（图10）米开朗基罗《大卫》

（图11）亨利·摩尔作品

景和实际不断地加以理解和接受，这是一个过程，在这个过程中，人们会有不同的侧重和偏向，这是难以避免的。重要的是，这个概念越来越成为大家描述公共空间艺术所愿意共同使用的概念，而对于这个概念本身的不断交流、讨论、沟通，本身就反映了中国的公共空间正在走向多元、开放的历史情景。

从"阳光广场"到"后现代"

从"阳光广场"到"后现代"

公共 **茶的** **来** 去脉

二 从"阳光广场"到"后现代"
——公共艺术的来龙去脉

"阳光广场"是对古希腊城邦式公共性的描述：在阳光下、在广场上公开讨论和交流对于公共事项的意见，在此基础上，出现了希腊式的前公共艺术。

著名喜剧作家阿里斯多芬曾经以公元前415年，雅典军队远征西西里岛惨遭覆灭的史实为背景，写了一出反对军国主义和爱国主义的戏剧《吕西斯特拉塔》。当时，希腊城邦正是举国身受失败之痛，由此引起的战争狂热弥漫全国，而在阿里斯多芬的剧里，军队遭到奚落，人们的爱国热情被嘲笑，民主政府的首脑受到批评。不过，这些并没有影响《吕西斯特拉塔》这出戏的演出。人们关心的是这出戏本身的价值，有什么问题是公民所不可以自由讨论的？如果没有，这出戏就应该公演，剧中提出了战争问题、爱国主义的问题，应该允许公民自由地议论和评说。

正是有古希腊民主制度时期的这种开明和大度，所以在艺术上，古希腊的公共空间是相对开放和自由的。著名的艺术史家温克尔曼曾经说过，希腊艺术之所以优越，最重要的原因是有自由。在雅典的民主政治时代，凡是有公民权的自由民都享有广泛的参与公共事项的权利，希腊的民主制也保护和鼓励思想自由及其表达的权利，无论对学术上，还是政治上的批评言论都能够容忍。伯利克里曾经说过："雅典人纵使不能创造一切事物，但有权利判断一切事物。我们不认为自由讨论是行动的障碍，而视此为采取明智行动的必要步骤。"（修昔底的斯：《伯罗奔尼撒战争史》，卷二，第 34-36 页）

温克尔曼说："希腊人从很早便开始运用艺术来描绘人的形象以志纪念，这一途径对任何一个希腊人都是敞开的。"（《世界艺术与美学》第一辑，文化艺术出版社第 307 页）在古希腊的运动会和竞技场上，优胜者的雕塑安放在神圣的地方供全体人民欣赏和瞻仰；最穷的公民的雕像也可以和将军、统帅甚至神像放在一起。

这么说，是否可以认为古希腊的艺术就是"公共艺术"呢？还不能这样说。

古希腊的公共性还是有限的，它毕竟还是一个奴隶制的社会，广场的阳光只照在贵族和自由民的身上，大量的奴隶阶层无法享有自由对话的权利。温克尔曼所说的全体希腊人并不包括这些根本没有人身自由的奴隶。（图12）

希腊的艺术，譬如典型的形式——塑，虽然出现了大量的自由民的形象，但就总体而言，对神的献祭仍是主体部分。希腊宗教的泛神的特点以及神祇的人格化和世俗化，使人与神的关系处在一种相对和谐、宽松的状态中，但这毕竟是人类童年时期的状态，还不是真正意义上的公共意识和关于人的平等意识，所以，我

（图12）古希腊神庙雕塑

们还只能将古希腊这一艺术史上令人难忘的时期的艺术，称作前
公共艺术。

**18世纪启蒙主义时期，奠定了公共艺术的思想基础，这是一
个艺术自觉的时代，它为后来公共艺术的登场铺平了思想的道路。**

18世纪通常被人们称作启蒙主义的时期，的确，在这个时期
人们弄明白了好多以前所不清楚的事情。实际上，西方人关于艺
术的思想，就远不如我们所想象的那样早熟。现代意义上的艺术
分类学的思想在18世纪中期才出现，直到那个时候法国人才正式
提出了为我们今天所普遍接受的"艺术"概念，才开始把"美的
艺术"独立出来。在此以前，哪些东西是艺术，哪些不是，一直
是错综混乱的。德国人莱辛在18世纪70年代写作《拉奥孔》的
时候，副标题是"论诗与画的界限"，而他举的中心例子《拉奥孔》

偏偏不是画，而是雕塑，他实际谈论的是诗与造型艺术的界限。

两百多年前的启蒙主义运动，让许多东西变得清晰起来，这对后世产生了极大的影响。尽管现在又开始有人解构启蒙主义，解构启蒙主义所带来的乐观主义和进步、科学、知识的信念，但无论如何，启蒙毕竟是人类思想发展史中的一个重要环节。

启蒙主义所带来的思想解放，使更多的市民通过知识获得进步，他们越来越有能力向古老的权威和贵族特权提出挑战，这个时期"公共性"、"公共领域"概念的正式确立，使他们对介于公共事项有了更多的信心。

以前，文学和艺术一直都是供国王应酬所用的，到这个时候，文化具有了商品的形式，艺术作品成为为市场制造的商品。文化与市场的结合，使艺术成为一种可供讨论的文化；作家和艺术家的代理人也出现了，他们承担了向市场发行作品的任务；剧院、音乐会开始向普通的观众"公演"；总之，文化的权力下放了。

随着宫廷的衰落，随着趣味的多样和不同，讨论和品评艺术的行为也越来越多起来，人们越来越乐于聚集在一起讨论各种各样的艺术问题，最适合的地点当然是咖啡馆，咖啡馆的繁荣与人们的交流意识是密切相关的，怪不得前面我们说过，17世纪，英国政府要警告人们不要在咖啡馆里自由讨论。据统计，18世纪初，伦敦已经有了3,000多家咖啡馆，每一家都有相对固定的客户圈子，年轻一代的作家在里面干什么呢？在争论"古典和现代"诸如此类的问题。

到18世纪中叶，艺术批评一下子出现了，批评成为一门专业，批评的活动成为艺术家和广大观众之间进行沟通的桥梁，法国的拉封特在《沉思录》中间阐释了这样一条原则："一幅公开展出的画就是一本印刷之中的书，一出舞台上表演的戏剧，任何一个人都有权利对它加以评判。"专业艺术批评带来了各种评论的刊物和出版物，承担了宣传、教育的功能。

　　总的说来，在社会学意义上，18世纪有关公共性和公共领域的概念隆重登场了，它为公共艺术将来的出现做了思想上的铺垫，但是在文艺学的意义上，公共艺术还没有出现。这是因为，尽管18世纪的思想启蒙和艺术自觉为艺术界带来了根本性的变化，但是，这个时期艺术的中心课题是建立独立的、审美的艺术体系和规范；它考虑的问题恰好是划清艺术与社会生活的边界，拉开审美与现实的距离；这个时期是艺术自觉的时期，它的中心任务是强调艺术的独立，强调艺术不同于生活的特殊性，强调专业的艺术家与公众的区别；而公共艺术要解决的问题恰好相反，它是艺术向生活的回归，艺术家向公众的回归，所以这个时期不可能出现公共艺术。

　　后现代主义文化的出现，给西方艺术带来了转折性的变化，直接催生出当代意义上的公共艺术。

　　1981年立于纽约曼哈顿区联邦办公广场的极少主义雕塑《倾斜之弧》（图13）自从立起那天就没有安稳过，公众的抗议声此起彼伏，最后竟被告到了法院，经过法院判决，这个雕塑最后遭到撤除的命运。这也许不是偶然的，《倾斜之弧》的极少主义，是现代主义发展到最后的结果，它的生硬和与社会语境的脱离，使它终于被公众所抛弃。

　　从20世纪60年代开始，西方文化出现了一个重要的转变，由于科学和技术的不断发展，西方社会进入了一个后工业化的社会。在18世纪启蒙主义思想基础上巩固和建立起来的西方形而上学思想体系和现代主义目标滋生出一系列新的问题。资本主义的乐观主义和不断进步的理念遭遇到增长的极限、生态的危机、理性和非理性的失衡等等问题的挑战，西方社会出现了一系列新的意识形态的问题和精神问题；在这种背景下，后现代主义文化应运而

（图 13）扎拉作品《倾斜之孤》

生。

后现代主义文化给西方艺术带来了转折性的变化，直接催生出当代意义上的公共艺术，后现代主义文化和艺术对公共艺术产生的直接影响表现在如下方面：

第一，随着西方形而上学的统一性和整体性的消

（图14）汉森超级写实主义雕塑

解，一个多元文化的局面出现了，在艺术上，出现了一系列的变化：

艺术大众化的浪潮中艺术家的话语方式发生了变化，现代主义艺术中个人主义、精英主义话语方式被生活化的、通俗化的、平民化的话语方式所取代。艺术更多地深入到人们的日常生活之中，更多关注大众的日常生活问题。（图14）

艺术与生活的关系发生了变化，艺术的生活化和生活的艺术化，打破了传统的二元对立的情形，例如，安迪·沃霍尔宣称万物皆为艺术品，波伊斯则认为人人都是艺术家，虽然他们这些比较极端的说法是为了解构现代主义的所谓纯艺术的理想，但是的确在很大程度上，降低了艺术的飞行高度。（图15）

从"阳光广场"到

（图15）国外街头雕塑

　　艺术的作用方式也由过去的神圣感、殿堂感和经典式的方式变为追求有效的表达和交流，艺术与公众的关系成为互动的、双向交流的关系。（图16）

　　第二，后现代艺术的文化转型，使艺术的功能发生了变化：人们重新思考艺术与社会问题的关系，重新强调艺术对社会生活的干预，重新强调艺术的现实关怀，一系列引人瞩目的社会问题成为艺术关注的焦点，如种族问题、性别问题、生态问题、绿色环保问题、社会边缘人群和弱势群体的问题等等。这些成为艺术的关注对象。（图17）

　　多元化的社会使艺术的地域性和文化差异的问题得到了强调，艺术家和公众更强调面对一个特定文化背景中的社会、社区、地域

（图16）国外街头雕塑

的问题进行交流和沟通。

　　第三，后现代主义对现代主义文化的诘问和批评，暴露了现代主义文化中的许多问题，例如，公共空间的权力的问题。什么是权力？权力是个人或群体将其意志强加给其他人的能力。而在人类的生存空间和艺术空间方面，从社会的权力结构来分析，公共艺术的出现，反映了市民阶层对于公共空间的权力要求和参与的意向，它与社会公众事项的民主化的进程是密切联系在一起的。公共艺术在本质上，是一种社会权力的体现。正如福科所说，"应该写一部有关空间的历史——这也就是权力的历史。"（《权力的眼睛》第152页）

　　当代西方社会政治理念的变化，为公共艺术的发展提供了政策

从"阳光广场"到

（图17）

前提。

    1992年，在美国的总统竞选中，克林顿以"把人民放在第一位"作为竞选的主题，并获得成功，克林顿这种偏左翼的执政思想不仅给美国带来了经济的繁荣，还获得连任的成功。这说明了什么呢？西方社会随着历史的发展，其阶级、阶层结构也不断发生变化，例如，20世纪80年代以来颇有影响的"第三条道路"的理论，就成为西方左翼政党施政的重要指导思想。其中重要的人物有美国的克林顿、英国的布莱尔、德国的施罗德等，他们都是"第三条道路"理论的鼓吹者和实践者。"第三条道路"的理论肯定市民社会作为与政治国家相对的民间领域对政治力量的滥用的制衡作用。如何把市民社会与国家协调在一起，发挥二者的合力，成为西方左翼政党在执政过程中必须面对的问题。英国安东尼·吉登斯在《社会民主主义的复兴》一书中说："'第三条道路'政治的总目标，应当是帮助公民在我们这个时代的重大变革中找到自己的方向，这些变革是：全球化、个人生活的转变，以及我们与自然的关系。"'第三条道路'的理论主张建立政府与市民社会之间的合作互助关系。培养公民精神，鼓励公民对政治生活的积极参与，发挥民间组织的主动性，使它们承担起更多的适合的职能，参与政府的有关决策。

"第三条道路"的理论，针对当代西方社会的阶级、阶层结构的新的变化，提出要反对以阶级为基础的社会分野，主张建立合作包容型的新社会关系，使每个人、每个团体都参与到社会之中，培养共同体精神。吉登斯认为："包容性意味着公民资格，意味着一个社会的成员不仅在形式上，而且在其生活的现实中所拥有的民事权利、政治权利以及相应义务。它还意味着机会以及在公共空间中的参与。"（《当代国外社会思潮》，中国人民大学出版社2001年6月版第382页）。

"第三条道路"主张建立的合作包容型的新社会关系，包括了三个方面的内容：第一，在尊重个人价值的基础上，倡导建立共同体意识。个人要积极参加身边社区的公共生活，为社区服务。20世纪90年代以来在西方很有影响的社区主义理论是"第三条道路"的重要观念。此外，公民价值和"市民社会"也被用来阐明共同体对个人的重要意义。第二，协调资本与劳工的关系，提倡双方建立共担风险、共享利益的关系。第三，协调国内居民与外来移民之间的关系，培养包容意识，反对排斥行动，塑造"一个国家"。

从
"
阳
光
广
场
"
到

类似像"第三条道路"这样的新的西方政治、社会理念对西方政府在制定文化政策和公共政策时会产生相当的影响。

西方国家有关公共艺术政策、组织机构、资金保障，为公共艺术的发展提供了有力的支持。

随着公众越来越多地参与到公众事项中来，随着艺术的精英主义的消失，公共空间的开发为许多西方政府所重视，制定了一系列有利于公共艺术发展的政策：

美国在 1965 年正式成立"国家艺术基金会"，第一年预算 240 万美元，1989 年其预算已达到 1.69 亿，23 年中，增长了 70 倍。国家艺术基金会的两大宗旨之一便是，"向美国民众普及艺术"，除了联邦政府，许多州政府也非常重视艺术，也对艺术予以拨款。

当代艺术面向人民大众的另一途径是艺术的百分比计划，按照美国法律，任何新建成或翻新的建筑项目，不论是政府建筑还是私人建筑，其总投资的 1% 必须用于购买雕塑或者进行艺术装饰。按美国每年花在新建或翻修建筑的巨额资金计算，花在订购绘画或雕塑装饰建筑物内外的金额是相当可观的。美国的俄亥俄州政府从 1990 年起，仅州政府新建或翻修各种公用建筑物，就购买了 29 位艺术家、价值 400 多万美元的绘画和雕塑作品。1998 年，美国国家艺术基金委员会主席费理斯在向政府提交的《对美国的再认识：艺术和新世纪》的提案中，提议在美国各地建立艺术活动中心网络，使更多民众有机会参与艺术，以达到向人民普及艺术的目的。在克林顿任美国总统的 1998 至 1999 年的国家预算中，国家艺术基金的拨款在 1997 年的基础上增加了 4 倍。艺术"为人民服务"已经成为美国的国策之一。（图 18）

从 20 世纪 80 年代开始，英国的一些城市和乡镇进行重建和社会环境改造，一些从事公共艺术的机构应运而生，出现了诸如"公

（图 18）

共艺术发展信托机构"、"艺术天使信托机构"、"公共艺术委托代理机构"等等，进行公共艺术的代理和相关活动。英国甚至还出现了对公共人行道和环境进行保护的国家机构"乡村委员会"组织，这个组织计划在英格兰以及沿伦敦的泰晤士和路堤的小道上建造雕塑。

德国的不莱梅于1973年最早提出"公共空间艺术"概念，并且后来为各地适用，成为一种新的文化政策。为了让公共艺术真正具有公众物质与文化教育功能，强调公共艺术的地点应选择美学匮乏的地区，如需要更新的老工业区或新开发地区，在街道、公园、学校等地方实施，并且由文化局官员，艺术咨询委员会及地区代表组成咨询委员会。他们还制定了一系列让居民参与创作的计划，例如，有艺术家利用两年时间邀请小学生利用废砖和马赛克塑造小型城堡，既有娱乐性，又有艺术性，同时还强调了环保的观念。比较特殊的例子是，一个叫诺依恩豪森的艺术家在1978年至1980年间，在一座监狱里设立雕塑工作室，让服刑人员有机会接触艺术创作。

德国柏林在1978年9月通过新的公共艺术办法，条例具有相当的强制性，如任何公共建筑，包括景观、地下工程等都需预留一定比例的公共艺术经费。除建筑物的百分比的经费外，政府每年也需拨一笔基金供"都市空间艺术经费"，与公共艺术委员会共同决定公共艺术的设置地点、目标任务以及施行办法等。1979年以后，柏林每年约有两三百万马克经费得以运用，每年进行不同地点、大规模的公共艺术征件和竞赛活动。例如：1979年的夏日公园雕塑竞赛；1981年喷泉设计竞赛；1984年以后，为了迎接1987年柏林750岁生日，更是投入450万马克举办雕塑创作及"雕塑大道"活动，其计划是沿市中心库坦大道放置雕塑，以强化柏林的欧洲大都会的形象。该计划设置了7件作品，在一年的展出期间内反对声不断，大众开始对公共艺术展开辩论，渐渐地，为作品辩护的声音逐渐浮现，在辩论中，养成了市民关于设置公共艺术的共识，而外来的游客对于柏林"雕塑大道"的反映大多是肯定和正面的。

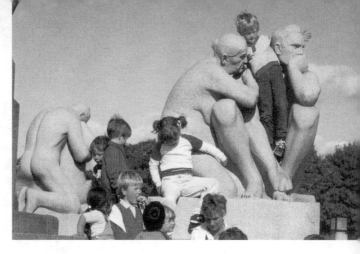

（图19）国外街头雕塑

从20世纪80年代中期开始，日本已经开始立法，将建筑预算的1%作为景观艺术的建设费用。另外企业对于建筑周边的环境、绿化也有大量的投资。日本政府在城市公共艺术的设立和社区公共环境的管理方面，还有非常详细的规定，例如，在公共空间，供人们方便的饮用水、时钟、座椅、照明灯具、公用厕所、社区布置的指示牌、告示牌、公用电话亭等等是必备的。在其性能、安全和维护方面，作出了明确的责任规定。

在西方以及其他发达国家的公共艺术正是有了这些具体的政策的支持和保障，才有公共艺术一个良好的发展空间，如果说公共艺术与其他艺术有什么不同的话，其中一条，它相对要依赖政府的社会、文化政策的扶持，这一点对公共艺术的发展十分重要。（图19）

公共艺术的出现并没有一个统一的口号和宣言，也没有一个具体的标志性的事件，与公共艺术的出现有比较直接联系的，就是上述的后现代主义文化所带来的艺术观念上的变化，以及西方发达国家的社会理论和政策变化以及"艺术百分比计划"等具体艺术政策的推动。在这个基础上，从20世纪50年代末和60年代开始，在美国和欧洲率先出现了一些与传统城市雕塑和景观艺术在观念上有所区别的作品，这种艺术，我们将它们称之为公共艺术。

从"阳光广场"到

社会学的转向

社会学的转向

公共艺术时代的艺术家

3

三 社会学的转向——公共艺术时代的艺术家

现在恐怕很少有人怀疑，约瑟夫·波伊斯是20世纪最重要的艺术家之一。有人曾经这样说，没有他的存在，20世纪的艺术史将会逊色，甚至只会极其无聊地千百遍重复所谓的"美术"。应该说，波伊斯改写了20世纪对于艺术的理解。

波伊斯在二战时期曾经是德国空军飞行员，战争给他的心灵留下了永远无法弥合的创伤，这个经历对他未来的艺术也产生了极大的影响。波伊斯爱把自己称作雕塑家，称他的作品是"社会雕塑"。社会雕塑这个说法是波伊斯思想的核心，它与我们通常从艺术门类学意义上讲雕塑已经是完全不同的概念了。在波伊斯看来，人都是有艺术能力的，人的行为、思想的过程都是"雕塑"的过程，而雕塑不再像过去那样，仅仅是一个艺术和审美的问题，而是社会的、政治的、法律和道德的问题，雕塑作为一种艺术的方式被他扩大了，成为一种总体性的社会方式，在人的日常行为

中表现出来，所以雕塑的过程也是一个社会的塑造过程，"社会雕塑"是人的思想、言语、行为被外化所形成的一种可见、可知、可辨的形态。所以波伊斯关心的是通过"社会雕塑"的方式，社会、政治，关心现实的各种问题在作品中呈现出来。

《油脂椅子》（图20）是波伊斯的代表作，创作于1964年，这件作品是不是典型的公共艺术作品倒不重要，重要的是他通过这些作品传达出来的观念对公共艺术的发展具有十分重要的启迪意义。油脂这种材料对于传统的雕塑来讲是不可思议的，但对于波

（图20）波伊斯《油脂椅子》1964

伊斯来说，与他的生活和经历却有着特殊的关系，油脂象征着温暖的灵魂，象征着一种可塑的、不断完形的事物，而人的灵魂就是一个不断完形的过程。波伊斯说："我建立了一种关于雕塑和艺术的理论和系统，也就是一个更宽泛的理解系统，把雕塑与社会实体、与每个人的生活和能力的关系作一种人类学的理解，那么，这些材料正好是一种有效的工具来弄明白这个理论，给在行为与表演过程中的讨论带来冲击。"（《世界美术》1996年第2期第22页）波伊斯的"社会雕塑"的观念对我们理解公共艺术时代的艺术家的地位和作用有着重要的意义。它超越了审美和艺术的范畴，而是在人类学、社会学乃至政治学的意义上重新审视人们习以为常的有关艺术、艺术家的地位和作用问题，以及艺术与社会的关系问题。

社会学的转向

公共艺术的问题首先是公共艺术创作者的问题。从历史上看，艺术、艺术家与社会的关系大致经历了三个阶段：功能本体的阶段、艺术家本体的阶段、社会本体的阶段。

在近代以前，在艺术获得自觉，以及艺术家作为社会精神价值生产者的明确分工确立以前，艺术属于功能本体的阶段。这个阶段，艺术在总体上是服务于社会需要，以社会功能作为本体。

这个阶段的艺术为信仰服务，为统治者服务，为道德服务，有着强烈的社会功利的目的。在这个时期，艺术家的位置不被突出，许多重要的作品并没有留下艺术家的名字，在这个时候，艺术所突出的不是艺术家个人的创造，也不是艺术家在社会上的地位，而是对艺术在社会所扮演的工具性的角色的强调。

西方文艺复兴以后，艺术逐渐开始强调自身的独立性，艺术家的个性得以突出，艺术作为精神活动的个人价值得以显露，艺术活动的特殊性，也就是艺术与人类其他精神活动的区别越来越得到重视。这些就是后来人们所说的艺术的自律性：艺术希望摆脱各种社会功能束缚成为一种独立的表达个性的精神形式。在艺术与社会的关系上，则逐步呈现这样的趋势：艺术就是艺术本身，强调艺术与社会的区别，强调艺术与生活的区别，强调艺术家的想象和创造力。这种趋势到了现代主义艺术的阶段，特别是到了尼采宣称"上帝死了"以后，发展到高峰，上帝死了，没有什么可以拯救人类了，艺术成为类似宗教般的精神形式，成为人类的救赎方式，所以，现代主义制造了许多艺术家的神话，如罗丹、梵高、毕加索等等。为什么20世纪那么多哲学家关注艺术问题？他们把艺术当做上帝死后填补价值真空的重要方式。他们认为艺术是至高无上的，在创造性方面，与上帝同等神奇。

在现代主义的历史情景中，艺术是个人主义、精英主义的，艺术由艺术家来决定；这些观念所造成的结果就是，"没有艺术，只有艺术家"。艺术家像上帝一样高高在上，指鹿为马，点石成金；他们与社会和公众形成了巨大的鸿沟，现代主义艺术常常是晦涩的，它们是个人内心生活的传记，或者无意识的显露，它们的艺术具有不可通约、无法有效传达的特性，这就是老百姓经常说的"看不懂"。所谓接受美学、解释学，则强化了这种神秘感，更使现代主义艺术成为需要破译的天书，使艺术与公众处于一种紧张的状态。

人类灵魂工程师的说法，将艺术家拔高成启蒙者和教化者的角色，艺术家无端对自己的拔高，使公众处于一种艺术强权之下，如果不接受这种艺术的强权，公众就会被告知为没有文化，没有思想和教养。而艺术高于生活，以及典型化、理想化的艺术理论又成为艺术脱离生活现实的理由；在创造的名义下，艺术与大多数人的生活和体验并没有直接的关系。

后现代主义出现以后，开始重新强调艺术和社会的关系，强调艺术与传统的关系，强调打破艺术和非艺术的界限，打破艺术和生活的界限，打破不同艺术门类之间的界限，让公众真正成为艺术的主体，这个时期，是艺术的社会本体的时期。后现代主义强调"人人都是艺术家"。"生活就是艺术"。就是要重新看待艺术家的位置，看待艺术家在社会的作用。

波伊斯不仅提出了"扩张的艺术观念"和"社会雕塑"的主张，同时还身体力行，以自己的作品去实践自己的主张，具有一种"知行合一"的特点。《1971年打扫杜赛尔多夫伯爵山区树林》是波伊斯的一件公共艺术作品，（图21）他穿着厚厚的皮大衣，手拿扫帚，清洁林间小道。这个行为体现了他这样一个看法："每一个人都在谈环保，却没有人行动。"波伊斯曾经带领50位学生，以"艺术的名义"抗议市政当局为了扩建网球场而肆意破坏树林的做法。他恐吓说："若有人要来锯树，我们将坐在树梢上，静候野蛮

（图21）博伊斯《1971 年打扫杜赛尔多伯爵山区树林》

行径的来临。"——
这也是波伊斯的艺
术。

（图22）国外街头雕塑

公共艺术时代
的艺术家应该是公
众知识分子，他们热
衷公众事项，表现出
强烈的公共关怀，他
们的作品体现出一种知识分子的良知。

公共艺术时代的艺术家是生活的参与者，他们不是游离在生活之外，而是和普通公众一样，共同交流和沟通关于社会生活的问题以及他们的感受。当多元化社会出现以后，能够构成我们所谓"公共性"的内容是需要不同共同体之间通过彼此不断对话，不断互动来实现的。

公共知识分子一方面要积极地投身到社会文化、政治活动中，他对"众人之事"保持着浓厚的兴趣，但又不是一个牧师和说教者，也不是"立法者"，在多元化的当代社会中，他们以自己的方式在不同阶级、不同阶层、不同民族、不同地域、不同社区的人们中间进行不断的对话和互动，他的工作是争取社会的广泛理解和对话；同时在这个过程中，保持自己关于社会公正和正义的基本态度，保持自己的批评态度和立场。

波伊斯就认为，任何一件艺术品，都有它的政治要求，只不过"要求"被形式替代，如同宣言面向读者，向千百万人传递"我们的政治"主张。作为公共知识分子，重要的是他表达社会、政治主张时的方式，这就是公共艺术。

关于这一点，著名的解构主义大师福科说得好："知识分子的角色并不是要告诉别人他们应该做什么。他有什么权力这样做？想想两个世纪以来知识分子竭力表述的那些预言、承诺、指示和蓝图吧，那产生了怎样的后果，我们现在可以看得很清楚了。知识分子的工作不是要改变他人的政治意愿，而是要通过自己专业领域的分析，一直不停地对设定为不言自明的公理提出疑问，动摇人们的心理习惯、他们的行为方式和思维方式，拆解熟悉的和被认可的事物，重新审查规则和制度，在此基础上重新问题化，并参与政治意愿的形成。"（福科《权力的眼睛》第146页）（图22）

波伊斯就是一个极其关注生态问题的艺术家，1979年，在欧洲议会的选举中，波伊斯是绿党的候选人，对于人的生存环境问题，他是这样认为的，人是社会雕塑的塑造者，必须根据他的尺度和意愿来设立社会结构，他的很多作品其实都是直接表达了他对某个具体的生态环境问题的态度，体现了一个公共知识分子应有的社会作用。20世纪80年代，波伊斯针对汉堡苏德尔易北河阿尔腾威尔德淤积区，由于大量有毒淤泥掩埋了大片果园的情况，与汉堡文化局和艺术委员会共同制定了《公共场合的艺术》项目，波伊斯提出了自己的建议：在遭受污染的地区种植树木和灌木，他认为，植树在一定程度上可以遏制淤泥中有毒物质，从而防止它们渗透到地下水中去。他要在这块需要拯救的土地中央树立一块玄武岩，纪念"20世纪结束"。虽然这个计划得到了文化局的支持，但被市政府所否定。波伊斯并没有退缩，他提出的口号是："要绿化城市，不要市政府。"他的公共艺术计划是：组织一次大规模的生态活动，在卡塞尔市区种植7,000棵橡树，要在每棵橡树旁边安放一座1米—2米高的玄武岩石柱。波伊斯要广泛发动市民出资来参与这项活动，每棵树500马克，申请人将会获得一张捐款证明和一张由波伊斯签发的植树证书。

这个计划最早开始实施的时候，也有一些市民表示不理解，有人认为这些东西有损卡塞尔的市容，汽车司机担心失去停车场地，还有人担心这些树越长越高，变成"城市森林"以后会影响到煤气和电力的供应。随着宣传的深入，越来越多的市民、团体和机构认同了波伊斯的计划，学校、幼儿园的草地和一些娱乐场所以及街道都同意用波伊斯的树木加以绿化。1982 年 6 月 19 日，在卡塞尔第 7 届国际当代美术作品展上，波伊斯在弗里德里希博物馆前的开幕式上，栽下了第一棵树，他希望在 5 年以后，也就是第 8 届卡塞尔国际当代美术作品展的第一天栽完 7,000 棵橡树的最后一棵。不幸的是，1986 年，波伊斯永远离开了这个世界，当时橡树已经栽到了 5,500 多棵。波伊斯的作品仍在继续，人们用继续植树的行动来纪念这位不朽的艺术家，1987 年 7 月 12 日，当第 8 届卡塞尔文献展开幕的当天，波伊斯的儿子在母亲在场的情况下，种下了第 7,000 棵树，终于完成了波伊斯的夙愿。

栽完这 7,000 棵橡树，并不意味这这个作品的结束，从此，卡塞尔有了一座可以生长的雕塑，这也是世界上最大的生态雕塑，是活的公共艺术。根据波伊斯的策划，橡树的生长周期是 800 年，那么，在将来的漫长的岁月里，这 7,000 棵橡树将向全世界呼唤保护环境、保护生态的观念，这也是从事公共艺术的波伊斯作为一个知识分子，用自己毕生的精力，向社会所尽的责任。波伊斯以他的植树行动，昭示了一个公共知识分子应有的职业道德。当他对公共问题发表意见的时候，代表的不是以自己的个体或者特定的群体的利益要求，而是从知识的理性和良知出发，做出事实分析和价值判断。如果在他的行动中掺杂了个人的利益，那么，他只是作为一个自利性的社会成员在发言，而不是以公共知识分子的身份在发言。

走出美术馆，走出工作室，让个人的"架上"作品走进公共

（图 23）1999 年巴黎雕塑广场节作品

空间与公众发生广泛的交流，与社会进行亲密接触，是公共艺术时代艺术家创作的一个重要的转变。

公共艺术的兴起，展现了一个新的交流平台，它为艺术家选择更合适的方式，与公众进行交往提供了契机。在这个过程中，有许多原本从事"架上"创作的艺术家，在作品的陈列和展示方式上，也发生了重大的变化，许多艺术家开始走出美术馆，走出个人工作室，打破了"架上"的传统和习惯，在一个开放的公共空间展示他们的作品，使他们的个人作品能够最大限度地与社会和公众接触，因而具有很强的公共性，这是公共艺术时代艺术家在处理艺术与社会关系时的一个重要变化。

（图24）1999年巴黎雕塑广场节作品

过去在人们的印象中，美的艺术总是殿堂的艺术，高尚的艺术，任何人的作品只要是进到了美术馆，似乎就等于贴上了美的标签。然而从公共艺术的角度看，艺术的价值不是由美术馆来决定的，而是在与公众的遭遇中，由公众来认同的，艺术不仅要满足有闲暇愿意进入美术馆去观摩的人，还要在公共场所，与普通观众进行零距离的接触，让公共空间的观众直接面对艺术品，所以，"走出美术馆"就成为公共艺术发展中的一个必然的过程，

已经在法国巴黎香榭丽舍大道举行过的两次"雕塑广场"节就是一个突出的例子。（图23）

1996年，由巴黎市政府倡议，大胆将博物馆内本世纪著名雕塑家的作品进行放大，在举世闻名的香榭丽舍大道两侧做两个月

（图25）巴黎雕塑广场节作品 隋建国《衣钵》

的展出，让架上的雕塑以公共艺术的方式与公众进行交流。第一届
展览展示了20世纪从罗丹到60年代极少主义雕塑的各位大师的作
品，如贾克梅蒂、米罗、毕加索等人的作品，这个展览是对20世纪
60年代以前，以现代主义为主的雕塑所进行的一次户外尺度的展
示。（图24）

　　1999年9月15日至11月14日，第二届香榭丽舍大道雕塑广场
节较之第一届又有了新的变化，巴黎的市长表示，巴黎不是一个博

（图26）雕塑广场节作品 约翰·凯利《树中牛》

物馆的城市，也就是说巴黎要随着时代的变化，关注当代艺术的新的发展。于是，第二届展览反映了20世纪70年代以来，世界雕塑创作消解中心、趋向多元的实际状态。这次展览打破了上一届以欧洲艺术家作品为中心的一统天下，集中了包括长期处于边缘状况的大量发展中国家和第三世界国家的艺术家的作品。中国雕塑家隋建国（图25）、中国旅法雕塑家王克平的作品参加了这次展览。在这个展览中，人们看到了很多融入了自己民族经验，具有多元文化背景的公共艺术作品。例如，澳大利亚雕塑家约翰·凯利的《树中牛》（图26）就给

（图27）雕塑广场节 丹尼尔·布伦作品

人留下了深刻印象。作品为铜质，总高8米、宽4.7米。它是将一条黑白相间，四蹄朝天的奶牛架在树上，牛与树一共重达4吨。作者解释说，老牛上树的灵感源于澳大利亚的历史和现实，它们在每个澳洲人的脑子里都留下了深刻的印象。二战时期，政府为防止日本人入侵，让艺术家帮助军队掩护装甲车和军用机场，当时，有两位善于制作田野布景的画家用纸浆做原料，做了许多纸牛，布置在军用机场上，以迷惑日军。另一个来源是澳大利亚的自然灾害，澳洲经常遭到突如其来的暴雨袭击，致使洪水泛滥，待大水过后，大树顶上常常挂着被淹死的牛羊，情景怪异奇特。类似这样的作品在巴黎的展出，有利于让不同民族的生存经验在这样一个平台上获得对话和沟通，也丰富了公共空间的景观。

　　法国观念主义的艺术大师，丹尼尔布伦也参加了1999年香榭丽舍大道的展览。（图27）布伦是走出美术馆的先行者，布伦

（图28）丹尼尔·布伦作品

早在 1966 年就提出："艺术品出了美术馆和画廊，是否还可以被称
为艺术？"随后，他不断以自己的艺术行为，寻找对这个问题的解
答。布伦经历了由画家到雕塑家，进而到公共艺术家的转变。布伦
将他的作品由极限主义的平面绘画搬到大街上，搬到公共空间中，
见证了公共艺术时代艺术家观念的变化过程。在这个过程中，常常
会出现公众一开始并不能理解和接受艺术家的作品的情况，经过作
品放置后的时间过程，通过与公众沟通、磨合，最后才会获得公众
的理解。当人们已经习以为常的公共空间，突然出现某个艺术家作
品的时候，艺术家常常会受到来自公众的巨大的压力，这个时候，
作品不像在美术馆里那样，会获得一种"惯例"和"场景"的保护，
它直接面对的是公众的诘问。当然，即使艺术家的作品最终被公众
否定，这也不是一件坏事，这个过程同样也是有意义的，它至少证
明了公众的态度，同时也在艺术和公众的遭遇中，养成了公众对公

（图29）丹尼尔·布伦作品《条纹柱子》1986年

共艺术表达自己见解的良好参与意识。（图28）

　　1986年，丹尼尔·布伦在巴黎18世纪的建筑物——皇宫花园实施他的"条纹柱子"的时候，遇到的情况和贝聿铭在罗浮宫修建玻璃金字塔时的情况有很大的相似之处。大约有90%的民众对布伦的作品计划提出了强烈的抗议，认为破坏了历史的遗迹，甚至要与作者对簿公堂，在作品制作的过程中，由于抵制和反对的声浪，不得不一再拖延时间。10多年后，布伦说，如果当年有90%的公众表示反对的话，那么今天如果政府打算拆毁这件作品，同样会有90%的公众出来反对。这个例子说明，公共艺术时代的艺术家，并不意味着一味跟随在公众的后面，被动地迎合和顺应公众的趣味，他们有责任向公众呈现随着时代的变化，人们不断突破旧的视觉模式，展示新的视觉经验的过程，和公众一起走向未来。（图29）

社
会
学
的
转
向

方法论意识

方法论意识

公共艺术的基础

方法论意识

4

四 方法论意识——公共艺术的基础

公共艺术是策划的艺术，它之所以不同于一般的现、当代艺术，就在于它在策划的过程中自觉的方法论意识。

公共艺术强调公共性,它的策划和实施不再是单一的个人行为，而是与社会、与公众、与公共空间在相互作用中共同实现的。所以，公共艺术在它的策划、酝酿、构思、实施的过程中，始终面临着方法论的问题。

传统艺术创作的方法论，如现实主义、浪漫主义等等，它们局限在文艺学的范畴内，不能适应公共艺术的要求；同时，传统的艺术创作主要是个人在工作室进行的,而公共艺术在很多时候作为一种社会的事件和活动,它需要与之相适应的方法才能保证它公共性的理念能够有效地传达。

公共艺术的方法论直接关系到公共艺术的性质,有什么样的方法，就有什么样的作品，公共艺术的成败在很大程度上是由它

（图30）《深圳人的一天》现场

的方法所决定的。

在公共艺术中引入社会学的方法是公共艺术方法论的重要特征。

公共艺术的概念引入到中国的时间并不长，但也有了初步的尝试。其中，深圳市从1998年至2000年实施的大型公共艺术项目《深圳人的一天》，在国内引起了广泛的关注，《深圳人的一天》这个项目最大的特点是在整个策划、组织、实施的过程中，具有明确的方法论的指导，所以有别于一般的城市雕塑项目。

《深圳人的一天》选择了1999年11月29日，这一个没有任何"说法"的日子。这一天，由雕塑家、设计师、新闻记者组成的几个寻访小组，遵循陌生化和随机性的原则，在深圳街头任意寻访到了18个各个社会阶层的人们，征得他们的同意，雕塑家按照在找到他们的时候的真实的动作和衣饰，采用翻制的办法，完全真实地将他们铸造成等大青铜人像，并铭示他们真实的姓名、年龄、籍贯、何时来到深圳、现在做什么等内容，树立在园岭街心花园。作为18个铜像背景的是4块黑色镜面花岗岩浮雕墙，上面雕刻有《数字的深圳》等一系列关于1999年11月29日这一天深圳城市生活的各种数据，包括国内外要闻、股市行情、外汇兑换价格、农副产品价格、天气预报、晚报版面、甲A战报、深圳市地图、电视节目表、1979年—1999年深圳市民生活大事纪等等。环绕塑像和浮雕墙的，是一个占地6,000多平米的园林，这里有坐凳，有让市民休息的凉亭，还

（图31）《深圳人的一天》保险业务员

有蜿蜒曲折由青石板铺砌的散步小径。这个以雕塑为主的街心花园自落成以后，前去参观的市民络绎不绝，敏感的旅游部门马上将它作为"深圳一日游"的景点。（图30）

《深圳人的一天》位于深圳市福田区园岭社区，这是深圳在20世纪80年代前期形成的大型生活区，在高楼林立的深圳，这块居民区属于"老深圳"了。社区公共空间的设施老旧。"深圳人的一天"实施前,这里是被铁丝和犬牙交错的灌木围起来的残破的绿化地，斜刺两条被行人踩出的小道，园中有一些树木，几丛荒竹，几块石头。常常有拾荒者、流浪汉相聚于此,这块虽处闹市的绿地似乎被现代化的深圳遗忘了。

1998年，深圳市决定对特区14个城市公共空间进行改造，其中园岭绿地就是其中一个，这个契机成为《深圳人的一天》策划的起点。

方法论意识

当加拿大戚杨规划与建筑顾问有限公司接受受托，进行园岭街心花园规划的时候，他们一反设计界的通常做法，提出了"让社区居民告诉我

们做什么？"的响亮的口号。当他们与深圳雕塑院决定合作在这里做一个公共艺术项目的时候，他们达成了这样一个共识：对于城市公共艺术而言，规划师和艺术家首先应该是一个社会学工作者，他们首先要做的是，了解社会，了解老百姓的需要；不是他们去引导老百姓，而是要让老百姓真正成为城市的主人。他们决定真正来一次"为人民服务"。

担任总规划师的杨建觉博士毕业于加拿大不列颠哥伦比亚大学，他说：在我留学的加拿大，任何一个城市，动一点土，砍一棵树，干任何事情，首先就想到是为谁服务。加拿大其实很左，在规划上强调保护穷人，强调为人民谋利益。加拿大认为自己走在前面，而美国那种生活方式不能持久。在加拿大，任何时候做一点设施，首先不是说有没有钱，而是说应不应该。应不应该就涉及到为谁服务，老师带你做研究，首先就是这个思想。

在园岭公共空间的规划中，他们的方法论首先是采用"从群众中来"的办法，不是一开始就闷在家里翻画册、闭门造车，而是运用了社会学的调查问卷方法，从1998年5月24日到28日，6位专业人员对园岭住宅区居民进行了一次调查问卷，征询居民对这个公共空间的改造意见，问卷设计的问题有："您在日常休息、娱乐生活中用到这块绿地吗？""您感到这块绿地缺少什么，如果要增加，应该增加什么？""如果您希望绿地有个主题，应该是什么？""您希望设计师注意什么细节？""您不希望在园中建什么？"等14个问题。

在采用调查问卷以后，设计师和雕塑家，完成了以18个普通市民塑像为主体的公共艺术方案的设计，然后在深圳市城市规划

（图32）《深圳人的一天》中学生

展示厅与其他13个公共空间的设计方案一起向市民公开展示，由于在设计前期有社会调查和征询市民意见的基础，所以在面向市民的公开展示中，园岭的这个方案在市民中的反响最为强烈，获得了市民投票的第一名。（图31）

《深圳人的一天》强调严谨、理性的方法论意识，使它的每个结论都有数量的依据，始终贯穿了一个公共艺术工程必须尊重民意的思想。过去，许多以人民的名义进行的社会公共项目由于没有引入民意调查和统计学的方法，完成以后，老百姓的意见究竟如何，没有任何量化的数据，完全凭印象口述。《深圳人的一天》项目完成后，规划师和雕塑家于2000年6月16日至17日又针对社区居民和参观者进行了一次社会调查问卷工作，对于项目的社会效果和公众反映进行了解，调查分为"总体环境与空间评价"；"18个铜像的评价"；"被调查者的背景资料"；"意见与建议综合"四个部分。对于《深圳人的一天》总体环境与空间评价认为"非常好"和"好"的，占被调查者的90%；对于18个铜像认为好的占88%，认为不好的占

方
法
论
意
识

（图33）《深圳人的一天》外来求职者

4%；许多观众提出了许多好的意见和建议，例如：缺少残疾人的专用通道；入口处不合理；垃圾桶少了些等等。根据公众的意见，深圳雕塑院在条件允许的情况下，又专门进行了改进。这种社会学的尊重民意，重视数目字量化依据的思想，为我国公共艺术培养自觉的方法论意识做出了有意义的尝试。（图32）

方法论由一元向多元的转变，使公共艺术呈现出更丰富的观念性。

过去中国的城市雕塑历来强调它的纪念性，这是一种"宏大的叙事"，英雄、帝王、圣贤、名人从来都是城市雕塑的主人。然而在一个城市可不可以有另一种叙事的方式，即一种民间的、平民的方式呢？这种视角不是仰望的，而是平视的；不是有距离的，而是融入的。这种尝试面临着创作方法论由一元向多元的转化。

如何取样，这是社会学调查中永远的难题，艺术理论中传统的典型化原则，实际上也是一种取样的方式，这是一种全知的观点，

（图 34）《深圳人的一天》公司职员

按典型化原则创作的人，首先为自己预设了一种能力，即自信具有
把握社会现象本质的能力，取用什么，不取用什么，完全根据表现
本质和主流的需要，也就是说，创造者为自己赋予了一种可以摒弃
个人的偏见而客观地把握事物的本质的能力，这是全知全能的上帝
的本领，当然，这种能力毕竟是虚拟的。（图 33）

　　《深圳人的一天》也面临取样的困惑，谁能代表深圳人？这是
一个永远的问题，当我们无法像上帝一样的全知全能的时候，不如
干脆把取样还原为一个非常局限、非常偶然的个体感受方式，人们
永远只能是随机地、有限地感受一个城市。所以，《深圳人的一天》
中的18个社会阶层的人们是事先设定好了的，至于具体选择哪一个
则是完全随机的，他们是寻访小组在这类人中所遇到的第一个，如
遇拒绝，再向后推延。这也是一种客观，这是在寻访者的视线中，
所真实遭遇到的客观。在一个城市，大多数的日子和大多数的人群
毕竟是平凡的，一个城市记住了神奇，也应记住普通。（图 34）在
一个转型期的社会里，社会的阶层有了新的划分，各个阶层又有着

方
法
论
意
识

（图35）《深圳人的一天》清洁工

自己的生态，每个个人在城市里的身份、位置又是变化的，如果我们的公共艺术能如实地作为历史的横断面，记载变化中的一个瞬间，那么，我们的城市就有了市民的纪念碑。《深圳人的一天》中的18个人就这样产生了，这些的生活和状态构筑了城市的另一种历史，《深圳人的一天》消解了传统城市雕塑的叙事传统，但是并没有消解城市雕塑的纪念性，它的建设性在于，树起了一座市民的纪念碑。（图35）

　　1999年11月29日，由设计师、雕塑家和记者组成的寻访小组，在街头遵循陌生化的原则，寻找模特的时候，实际开始了一个行为艺术的过程，寻访的当然不止是模特，它同时还在寻访市民对于公共艺术的态度，市民对公共艺术的理解程度和可能接受的程度。特别是，当人们被要求将另一个真实的"自己"做成一件雕塑置放在城市公共空间的时候，这对谁都是一件新鲜的事情。寻访是一种带有试验意义的相遇，寻访的过程所产生的一系列的故事将是这个公共艺术工程的另一个成果。《深圳人的一天》的策划者在寻访开始以前,就坚定地认为,这一个公共艺术项目的意义就在过程中,寻访活动的任何困难和被拒斥都是有意义的,它们将真实地告诉我们关于这个城市的精神生态。(图36)

在传统的艺术创作方法论中,把发现生活本质,创造艺术价值的重任交给了艺术家,画家、雕塑家向来是骄傲的创造者。《深圳人的一天》的策划者在这个公共艺术的项目中反其道而行之,他们提出的口号是:"把雕塑家的作用降到零。"也许你是一个有着无比创造能力的造型高手,但是在这里,雕塑家被告知,千万不要试图表现什么,或者体现什么,

（图36《深圳人的一天》制作者在寻访

不要手法、风格、个性,雕塑家的任务就是原样地复制对象,把自己定位在一个翻制工的位置上。这种对雕塑家的解构同时也是对一种新的叙事方式的建构,这种建构把公共艺术的重心由艺术家转到了生活本身,对艺术家作用的消减就是对生活的强调,关于这个公共艺术项目的思想和结论不是艺术家告诉公众的,而是公众自己去发现,自己去领悟的。(图37)

公共艺术要求艺术家在策划的过程中,在对项目可行性的把握上,在对实施过程中各种可能出现问题的准备中,在对项目实施后效果的预测上都必须建立在理性、严密的工作态度和方法上。

著名美籍保加利亚地景艺术家克里斯托,以他著名的包裹艺术震撼了世界。他以惊人的气势,包裹了建筑、海滩、岛屿、山谷。要完成克里斯托这样规模浩大的创作,没有大量人力、物力、财力、

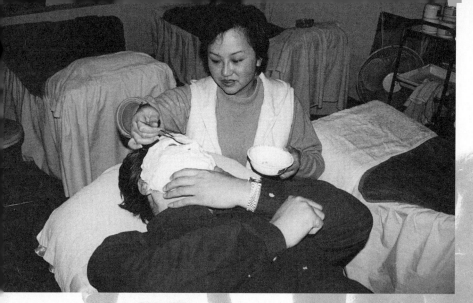

（图37）《深圳人的一天》在人脸翻模

权力诸方面的支持与配合是不可想象的。尽管克里斯托有大量的设想，有许多寄托了他激情和梦想的方案和草图，但要实施它们，需要长时间周密的策划，没有热情、才能、毅力、决心去排除一个个难关，这些激动人心的项目是没法实现的。

　　1969年，他用无数的布匹和绳子，把澳大利亚的一处海湾全部包裹起来，其面积为100平方英尺。（图38）1972年到1976年，他完成了《连续的围栏》，这一跨越北加利福尼亚两个县的尼龙长围栏，高18英尺（5.5米），
总长度约40公里。（图39）1980年至1983年，克里斯托在佛罗里达大迈阿密的比斯坎湾，用粉红色的聚丙烯织物把几处岛屿包围起来，创作了瑰丽无比的《被围的群岛》，（图40）其面积达650平方英尺。

　　克里斯托并不追求作品的永恒性，并不需要在自然的风景中留

（图38）克里斯托海岸包裹作品

下包裹艺术永久的痕迹。他的作品的公共性在于：它们总是以惊人的魅力影响公众的视觉习惯，让公众在惊异中，发现视觉世界的各种可能性，成为向公众宣传当代艺术精神的有效手段；他工作的困难在于如何去说服有关部门，去获得各种的支持，如何说服各个地方的管理部门通过他的设计方案。在他的公共艺术的策划过程中，他与其说是一个艺术家，不如说是一个政治家和演说家。在美国，为了《连续的围栏》这个设想，克里斯托和妻子克劳德一起，挨家挨户地去说服每一个农户，让他们同意在他们地里打桩，使"布墙"穿过他们的土地。有时，由于劝说的艰难，克里斯托甚至会气得伤心落泪。由于他们的坚持，当地的农民终于在表决中通过了他们的申请。有一个农民坚决反对克里斯托的行为，认为这做会挡住羊群回家的路，当表决结束以后，这个农民也只得接受现实，他拍着克里斯托的肩膀说，"你赢了，你是很好的政治家。"

方 法 论 意 识

（图 39）克里斯托《连续的围栏》加利福尼亚

经过 24 年不懈的努力和游说，克里斯托和珍妮·克劳德终于在 1995 年夏天实现了对德国国会大厦的包裹。在两个星期里，这个象征着一个世纪来欧洲冲突的建筑变成了一个前所未有的公众的庆典中心。这一天的到来对于克里斯

（图40）克里斯托《被围的群岛》佛罗里达

托来说是相当不容易的。柏林的国会大厦在历史上赫赫有名，经历过许多重大

历史事件，见证过许多政治风雨，这是一幢极为敏感的建筑。从1971年开始，克里斯托就向德

国提出了包裹国会大厦的申请，他的要求一次次地遭到拒绝和反对，但克里斯托则一次次地申请，为了筹集经费，还一次次出售他的各种设计草图。直到1994年2月，德国官方才批准了他们的计划。当时德国联邦议院经过 70 分钟的激烈辩论，292 名议员投票赞成这个计划，223 名议员投票表示反对。尽管争论是如此激烈，克里斯托还是得到了机会。（图41）

1995 年 6 月 17 日，包裹工程开始进行，包裹行动共花去包装材料喷吕银色聚丙烯粗纤维布 10 万平米 70 块，每块面积为 37 米×40 米；蓝色聚丙烯绳 15,600 米，耗资 1,400 万马克。整个工程动用 1,500 多人，耗时 23 小时。从 6 月 23 日至 7 月 6 日的 15 天的展出时间里，4,000 多万人从世界各地来到这里，光是德国旅行社就接待了 350 万人，这一下就为柏林商业界增加了 20%-30% 的客流量。柏林市长迪普根说："克里斯托和克劳德为柏林创造了

方 法 论 意 识

（图41）远眺被包裹的德国国会大厦

如此精美绝伦的艺术。这是美妙的、盛大的、成功的节日，将令人在几十年中留下极为深刻的印象。"（图42）

事实上，在克里斯托的策划之初，他就将公众的节日庆典般的参与行为纳入到他的艺术中，作为其中的一个组成部分。克里斯托创造了奇迹，几乎所有的艺术舆论都认为，20世纪没有一个艺术家能够像克里斯托那样，以他的艺术让一个城市像盛大节日般沸腾，让整个城市的经济运作、城市形象和市民的生活节奏和热点发生如此巨大的变化。在展出的最后一天，气氛达到了高潮，一群歌唱家在正门演唱着流行歌曲；几乎所有的媒体记者都在这里赶制最后的报道；年轻人在这里扎营露宿；许多人想到明天这件艺术品就不复存在，依依不舍，泪流满面。还有许多人参与克里斯托的包裹行为的方式是用布和其他材料将自己包裹起来，就连柏林的许多商店也将自己橱窗里的商品包裹起来。（图43）

（图42）克里斯托《被包裹的国会大厦》1995

　　有人这样评论克里斯托，说他在作品的酝酿和构思时，他是一个幻想家；在准备阶段，他是一个管家；在说服别人接受他的艺术和观念时，他是一个政治家；在他将自己的设计草图印制成精美的印刷品出售的时候，是个精明的商人；在包裹实施的时候，他是一个头戴安全帽、手拿指挥旗的工程师；只是在作品最后完成以后，他才像一个艺术家，面对媒体和镜头，阐释自己的艺术。

　　最后，克里斯托拒绝了将这些包裹布切割出售的建议，尽管出售可给他带来巨额的利润，而最后像他安排的那样，这些材料的大多数被制成绝缘的衬边，一些将用于经济实用的化肥口袋，还有一部分重新回到纺织厂被缝制成运送卷包布的大口袋，这个结果留给他的是一笔巨大的债务。但他不希望让这个作品本身和商业有任何联系，这些包裹布的银色表面将被抹盖，防止它们被认为等同于一件克里斯托和克劳德的作品而产生商业

（图 43）《被包裹的国会大厦》

效应。（图44）

克里斯托关于包裹柏林帝国大厦的行为，成为公共艺术成功的策划和实施的经典之作。实际上，克里斯托的每一个项目都有明确、精细的策划报告，都有切实可行的方法，下面我们援引克里斯托和珍妮·克劳德1998年在纽约中央公园《多重牌楼》这个公共艺术工程的策划案的部分，来具体感受一个公共艺术家是如何策划一个具体项目的。

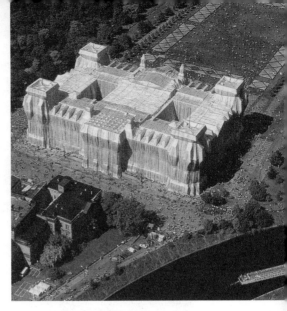

（图44）《被包裹的国会大厦》

这些牌楼将有15英尺高，宽9英尺至28英尺，依所耸立的中央公园的人行小道的宽窄而变化。牌楼为钢质结构，顶部水平部分悬有任意选择的织物饰块，离地面约6英尺。各幢牌楼相距9英尺，前幢的织物饰块水平地朝后幢波浪形延伸。

该艺术牌楼计划在秋季留存14天。在这之后，这些绵延几英里的临时性艺术品将拆除。地面恢复原状，材料收回。

此工程完全由克里斯托和珍妮·克劳德出资，来源是出售试画、预备性图样和拼贴、比例模型、前期作品和原版印刷品。纽约市和中央公园对于此工程均不承担任何费用。

此工程将为纽约市成千上万居民提供就业机会：

制造和油漆钢质牌楼的工人。

缝制织物饰块的工人。

方
法
论
意
识

（图45）克里斯托大地作品

安装工人。

24小时维修的工人。

拆除工人。

园林部和我方将签订书面合同。

该合同需要我方做到：

个人和财产责任保险，内容无损园林利益。

"拆除契约"中含有提供完全恢复场地原状资金的内容。

同社区组织、园林部、纽约市艺术委员会和文物委员会全面合作。

为公园的日常活动和管理人员、维修人员、清扫人员、警察和救护车辆的通行提供方便。

艺术家们将支付一切与该工程有关的公园管理成本费用。

不得损坏公园里的花卉、山石和草木。

安装和拆除期间，仅能使用小型车辆，而且范围局限在现有人行道路的周边地区。

为埋放钢质结构的底座而挖的洞穴日后应回填自然材料，使地面处于良好状况。

园林部将依据合同对工程所在地检查，直至完全满意为止。

由我方工程师对钢质框架、底部承受力和织物饰块的连接进行了全面性的样品测试。

因为该工程牵涉到中央公园的整个地貌，所以必须由许多不同的团体共同参与，由此成为真正的公共艺术品，体现了纽约市的多样化。对于那些顺着人行道路从多重牌楼下面走过的人来说，这些牌楼将是金灿灿的天花板，会给他们带来暖色阴影。从中央公园周围的建筑物望去，这些牌楼如同一条树丛中时隐时现的金河，使人行道路显得明亮。

牌楼的发亮织物突出了过去不为人注意的人行道路的空间，强调了不同于曼哈顿整齐均匀的棋盘式布局的有机风格，与中央公园的美景非常和谐。（《雕塑与环境》，上海书画出版社1999年版第196页）

从克里斯托的策划报告中，我们看到了公共艺术不同于其他艺术活动的严谨、理性的一面，而公共艺术的方法论意识是艺术家从事公共艺术时所无法回避的重要基础。（图45）

5

公共关怀和边缘视线

公共艺术的社会属性

五　公共关怀和边缘视线——公共艺术的社会属性

公共艺术关注体现人类基本价值取向的社会事物,关注公众普遍性的思想情感,公共艺术的社会关怀突破了传统艺术的内容和形式的疆域,将社会属性放到首要的位置。

1982年,美国女艺术家荷勒纳·爱隆开着一辆标有"地球救护车"字眼的救护车,走遍美国登门逐一收集一种布枕袋。这些布枕袋是她邀请美国800多名妇女制作的,里面收集了各种对她们个人来说代表或象征战争创伤和医治战争创伤的物品,还有她们"被威胁的"本地泥土,这些东西装入枕套,象征着这些东西与她们的个人生活有着密切的联系,枕套上,写着这800个妇女的忧虑和噩梦。与此同时,爱隆还邀请深受原子弹伤害的日本广岛和长崎两市的妇女也参与到她的作品中,1985年,她请这两市的原子弹爆炸的幸存者在白枕套上题词,在河上漂流以后,在袋中装进广岛和长崎的泥土,然后运到美国。爱隆还在国内12个核试验基地用布袋装上各个基地的泥土，用它们来象征被核污染和核暴力所危及的地球。1992年，她把"地球救护车"开上纽约的布鲁克林大桥，车上装满了她在10年里在美国国内和在日本收集的这些布袋和布枕套，在桥上举行集会，反战作家苏珊·格丽芬在集会上朗读了她的反战文学作品。然后，她把"地球救护车"开到联合国总部，这些装满了泥土，象征着饱受战争创伤的地球的布袋和布枕套，被担架抬入联合国，这样，爱隆结束了她长达10年的一件禁止核武器的作品。这件作品与其说是一件公共艺术作品，不如说是一次长时间的、大众性的政治宣传活动，这个作品十分典型地体现了当代公共艺术的社会属性。

波伊斯曾说："对我来说，这个世界的一切事物都越来越引人关注，因此，我乐意对这个世界上的所有事进行广泛讨论。政治的真正思想就是如此，而不是来自于政治建立的理解上的特殊观念。我对此不感兴趣。我喜欢的是关于政治的所有另类理解。例如，处理这些同样有关艺术的问题。"（图46）

乔治·西格尔的创作经历，或许能说明当代艺术家如何从现代主义的情景中走出来，通过公共艺术的方式，关注社会人生问题的转化过程。

在20世纪60年代初期，当乔治·西格尔终于摆脱养鸡专业户的生涯，在画坛上崭露头角的时候，人们会说，这是一个在纽约郊外鸡舍里搞创作的新人。西格尔出身在一个普通的犹太家庭，父母从波兰移居美国，先是开肉铺，后来从事养鸡业。1949年西格尔从纽约大学教育系毕业，尽管在大学学习期间，他接触了当时炙手可热的抽象表现主义艺术，但他最初的理想竟然是建自己的养鸡场，做一个养鸡专业户。然而，养鸡场经营的不景气，打破了他经济自主的梦想，1958年，他终于从养鸡行业中拔出脚来，做了一名中学教师。不过，养鸡的生涯培养了西格尔的劳动者的

（图46）

素质，形成了他有别于一般艺术家的生存方式、思维方式和工作方式。更重要的，形成了他尊重劳动者，熟悉和理解底层人民生活的个人特点。他对自己是客观的，他时常回忆年轻时代的贫穷，回忆父母在纽约郊外开养鸡场谋生时饱尝艰辛的日子。

西格尔最初学习的是绘画，曾跟著名抽象表现主义的画家霍夫曼学艺，画的也是抽象表现主义风格的作品，后来又转而画写实性的东西。他和偶发艺术的名家卡普罗曾是邻居，他们长时间地讨论未来艺术形态的问题，他们认为，未来艺术既有大众化的特征，又有更大的包容性，应该是一种"完全"的体验。经过一段时间痛苦的选择和徘徊，他明确了自己的道路，他开始走出绘画，走向雕塑。在他看来，纯抽象是不可能的。他决心通过自己的艺术将周围的世界客观化，以雕刻为媒介，从自己的感情和经验打开突破口，保持自己身心与周围客观世界的接触。他虽然敬

（图 47）西格尔作品

重抽象主义者，但他却不愿意沉湎于纯艺术的形式之中。他说："坦率地讲，我感到我是无法进行与自身肉体毫无关系的创作的。"西格尔没有像卡普罗那样走偶发艺术的路线，而是借鉴偶发艺术，发展出把雕塑当做一种整体环境来进行创作的路子。西格尔选择了基于

（图48）西格尔作品

"劳动者的简洁和表面的粗糙感"的形态，他的人物几乎是一成不变地从人体上翻出来的石膏，然后再把人物放在一个实际环境中，像电梯间、午餐柜台、活动售票房或者公共汽车的内部。（图47）他的石膏人物创造了一个场景化的日常生活的环境，他着意于下意识动作的人像，既不是戏剧性的，也不是英雄人物，它们都永远地伫立在那里，端坐在那里。具有强烈的真实感。西格尔在选取模特的过程中"不求所谓的美男美女，决心将自己所熟识的所有人作为模特。因此，

（图49）西格尔作品

我没有改变他们长期形成的站姿，坐态。如果请求他们故作姿态，雕塑就会失去意义"。（西格尔语）（图48）

　　西格尔真正使雕塑成为生活的形式，在艺术的大众化，在大众与艺术的密切接触中改写了雕塑的定义，使雕塑成为社会公众的真实写照，成为艺术家关注普通人的日常生活的一种方式。（图49）

　　《红绿灯》是西格尔捕捉的街头一景，（图50）三个行进中的

（图50）西格尔《红绿灯》

人遭遇红灯，正等着通过，人与人之间虽然离得很近，但没有任何
呼应；《地铁》（图51）则如同电影中的静场，显出一种孤独、神秘
的气氛；《钢铁工人》（图52）则是对工人劳动的直接的描写，作为
公共艺术，这种场面过去是很少见到的。

　　如果说，西格尔塑造的人物，在真实中还有一种形而上意味的
话，美国雕塑家杜安·汉森的超级写实主义的雕塑，则是一种更为

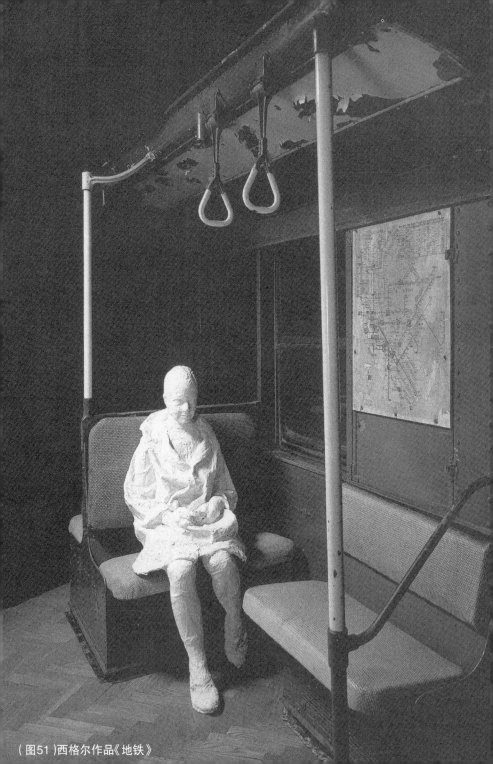

（图51）西格尔作品《地铁》

（图52）西格尔作品《钢铁工人》

亲切、通俗的方式，他也是塑造日常生活中最常见的人物，那些对象可能就是你的邻居，可能就在你身边，他追求的是那种极其精确的，纤毫毕露的照相式的真实，他的雕塑几可乱真，它使观众在惊异中获得"艺术就在身边"的快感。汉森的作品同样表达了对于社会普通大众的人文关注。

汉森的作品反映的是美国人的日常生活，如《主妇与购物车》（图53）就是现实生活中最常见的情景。一个推着购物车的妇女正在超市购物，车内装满了各种日用商品，推车人带着粗大的项链，头上的卷发器还没有摘下来，尽管这个妇女看起来似乎热衷于追逐时髦，但总的感觉仍然属于中下收入的那部分人群。在这件人们很容易接受的作品中，作者同样蕴含了在商品社会中人和物的关系，以及物质消费和人的精神的关系这样深刻的社会主题。汉森另一件作品《昆尼》（图54）塑造的则是一个普通的黑

（图53）汉森《主妇与购物车》

人清洁工，这是社会底层人物的写照；至于《保尔里街的流浪汉》塑造了一个极其逼真的街景，几个满身污垢，东倒西歪，在街角与垃圾为伍的流浪汉，在这件作品中，我们看到了作者对人类苦难的同情和对社会边缘人群的关注。（图55）

公共艺术关注处于社会边缘的弱势群体以及各种社会问题，如生态和环保问题、妇女问题、少数民族问题、艾滋病问题等，在边缘视线中体现社会关怀。

前面说到的美国女艺术家荷勒纳·爱隆历时10年所做的反核

作品，实际上十分尖锐地揭示出一个重要的社会问题，即战争与和平的问题。核武器对人类和平和人类生活所造成的威胁使人们生活在核弹的阴影中，反核的问题不仅是一个国家，一个地区，一个类别人群的事情，而且是

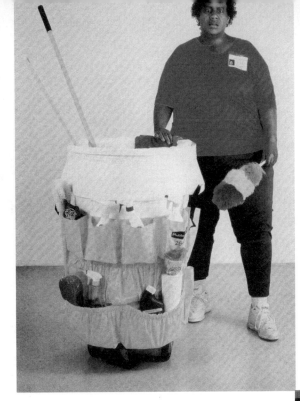

（图54）汉森作品《昆尼》

全球爱好和平的人们共同的心声。而公共艺术就是在这种广泛的社会意义上体现了它的价值取向。

　　信息化的互联网时代扩大了公共艺术的视野，也使它的社会责任和社会使命变得更为重要，也为它以更多的手段和方式干预社会创造了条件。

　　加拿大著名公共艺术家詹姆斯·卡尔主要关注环境与人的生存问题，反映当代都市的消费文化和日益膨胀的物质主义对人的生存的影响。他的作品从街头巷尾被人们遗弃的垃圾和物品入手，将此作为他作品主题的切入口，他主要利用反语、矛盾和幽默来

（图 55）汉森作品《保尔里街的流浪汉》

反映都市生活，他希望能引起公众的广泛注意。他有一件作品叫《挽救》，这是一个孤独的身影，拉着一辆购物车，而车上放着用空的啤酒罐制作的十字架，这是一个具有讽刺意味的都市意象。在作者生活的蒙特利尔，每当春天来临，冰雪融化，那些在冬季里被人们丢弃的废物就会一一显露出来，这里面有数不清的汽车挡风玻璃、雨刷和防冻液桶等等废弃物，卡尔把他们收集起来，用搭积木的方式，将他们堆积起来，分几个地点进行展示，并给它们取了一个幽默的名字叫做《春天的采集》。他还有一件作品叫做《重新拥有》，这是一些用洗衣机、电视、热水器和冰箱等电器的外包装组合成的与电器外表相同的复制品，然后把它们与其他的废品一起堆在街头，等候清洁车的来临。作品预示了这些复制品和那些商品一样的命运，

（图 56）德国街头雕塑

（图57）埃费尔·波拿诺生态作品

它们共同的归宿都将被丢弃在街头。卡尔拒绝卖掉这些模拟物的装置，而是将它们像真的垃圾一样处置，目的是唤起公众保护环境的意识。

在传统的城市雕塑中，表现植物的大型雕塑很少见到，然而，在当代公共艺术中，出现了过去所没有的内容，这是一些关注生态和环保的艺术家的作品。德国街头的《玫瑰》（图56）是一件巨大的不锈钢喷漆雕塑，其高度达8米，这种夸张的比例和奇特的设置为的就是引起人们对于城市生态的关注。丹麦艺术家埃费尔·波拿诺在北欧的森林里创作了大量的与生态相关的作品，（图57）他所创作的以稻草为材料而制作的雕塑，也是别出心裁。（图58）这些具有形式感的稻草垛，无论是放置在田野还是将它们放入城市，它们都为人们带来了一种大自然的亲切的气息，（图59）

（图58）波拿诺作品

它们向生活在都市的人们发出了来自田野里的呼唤。

　　女性主义作为后现代主义话语的一个部分，是在 20 世纪 60 年代末发展起来的，在这个过程中，女性主义艺术也浮出水面。朱迪·芝加哥是女性主义艺术的先驱人物之一，在 1973 年至 1979 年的 6 年间，她动员 400 位妇女合作完成了《晚宴》（图60）这一巨型装置，三角形的餐桌每条边的边长有 46 米，由三角形瓷砖拼成的三角形平台上，上面有 999 位从古到今历史上杰出女性的名字，桌面上置有 39 套不同的陶瓷餐具，都是由女性的阴部造型转化而来，并配有 39 片刺绣缝缀图案和姓名的桌布，代表 39 位历史上的女杰，在这些物品中有中国的瓷器和刺绣。在旧金山现代美术馆开幕之时，1,200 份通知发往世界各地的妇女代表，1979 年 3 月 14 日，这些妇女在世界各地同时共进晚餐。这一历

公共关怀和边缘

（图59）波拿诺作品

时6年的作品在当代艺术界影响颇深，被艺术史家称为国际晚宴。除了装置作品这个项目外，还出版了图书和明信片等，在世界各地广为流传，产生了深远的影响。这件作品以各种女性符号，对历史上"女性缺席"提出了置疑。长期以来，作为"边缘人"的女性丧失了"主体性"的地位，在强大的男性社会的权力下，她们总是处在配角地位。《晚宴》是一个与生活有关的仪式化的题目，妇女的晚宴，是向历史提出了妇女的权力要求。

少数民族问题，也是当代艺术关注的热点。墨西哥裔的美国雕塑家刘易斯·吉曼耐兹是一位关注美国少数民族问题的公共艺术家，他在20世纪60年代还是一个学生的时候，就开始用玻璃纤维做彩色的雕塑了。他的作品色彩艳丽，充满了活力，他最早的作品和公众见面的时候，就被命名为"劳工阶层的英雄们——

（图60）朱迪·芝加哥《晚宴》

来自人民大众的形象"。不过，他为公共空间所创作的这些作品几乎形成了这样的规律：总是先遭到政治上的谴责，随后又受到劳工阶层的支持。例如，他为匹兹堡创作的《炼钢工人》（图61）就是如此，这件作品的原名叫"Hunky"，是一个过时了的老词，过去人们用这个词带有贬损意味，专指来自中、东欧的产业工人，吉曼耐兹用这个词是为了纪念这一地区众多炼钢工人种族上的祖先。匹兹堡的官员反对用这个词，艺术家后来不得不抹去了这个词，然而，当工人们了解到艺术家想通过雕像来表达对他们种族前辈的敬意后，许多当地人来到雕塑前，抚摸已经被磨去的"Hunky"一词所在的位置。

　　吉曼耐兹是墨西哥人的后裔，他在1998年创作的雕塑《跨过边境》是献给自己父亲的，他的父亲在1924年与他的祖母一道，非法

（图61）吉曼耐兹《钢铁工人》

（图62）吉曼耐兹《西南部的皮埃塔》

入境进入美国。实际上，这件作品是对成千上万个秘密越境北上的墨西哥人的纪念。由于他总是站在少数民族的立场上说话，所以，他的作品主题与美国官方的观点总是截然相反，例如，他的《进步》系列，表现的是在工业化推进的过程中始终存在的暴力，对野生动物的虐杀，对土著印第安人的迫害。《牧人》塑造的是一尊真人大小挥舞着手枪的墨西哥牛仔，看起来，这个形象与遍布在美国西部各个公园的骑马牛仔形象属于一个类型，实际上，对于吉曼耐兹来说，这尊雕塑纠正了一个重要的历史错误，他提醒公众注意，第一个美国牛仔是墨西哥人。当盎格鲁人西进的时候，发现牛仔文化已经存在，而他们只不过仅仅穿了牛仔的衣

（图63）陈箴作品《圆桌》1993年

服，采用了他们的语汇。他的另一件雕塑《西南部的皮埃塔》更
是一件有争议的作品，如果不精通美国籍墨西哥人的政治，无法
理解这件作品的背景。这是一件三百年前在这里流传的传奇式的
事件，一个西班牙人强暴了一位叫提桂克斯印第安妇女，当时曾
引起过极大的反响，这尊雕塑重新提起了历史上曾经发生过的事
件，塑像建成后受到一些白人的反对，后来被移到墨西哥劳工阶
层聚居的街区。（图62）

在20世纪，移民是一个特别普遍的现象，中国旅法艺术家陈
箴的作品站在一个移民的角度，来揭示移民所面临的文化问题。
他见证的是一位移民面对与自己母体文化不同的另一种文化时所

作的种种反映，作为一个中国人，他揭示了中国文化的身份问题，在不同文化的融入和拒斥的双向过程中所面临的矛盾。《圆桌》（图63）是为联合国成立50周年所创作的作品，"圆桌"源于中国人的会餐时的用具和国际上特有的圆桌会议，由世界五大洲收集来的各种椅子点明了圆桌周围的不同的身份，而被抬高的椅子又被镶嵌固定在桌子上，暗示着共存、平等、对话的现状以及内在的悖论。《天井祭》（图64）放置在德国法兰克福市中心的一个罗马遗迹上，周围都是典型的西方大都市的建筑和环境，陈箴却将中国传统的7个巨大垂直的"符咒"安放在这里，既是对当代

（图64）陈箴作品《天井祭》

人及其物质生活的祭；同时这样一个民族形式感很强的作品楔入在这样反差很大的公共的环境中，本身显得脆弱和不协调，因此，作品也是自身的献祭。两个月后，由于一批无家可归者的进入，这件作品呈现为废墟状态，而这正是作者想看到的结局。

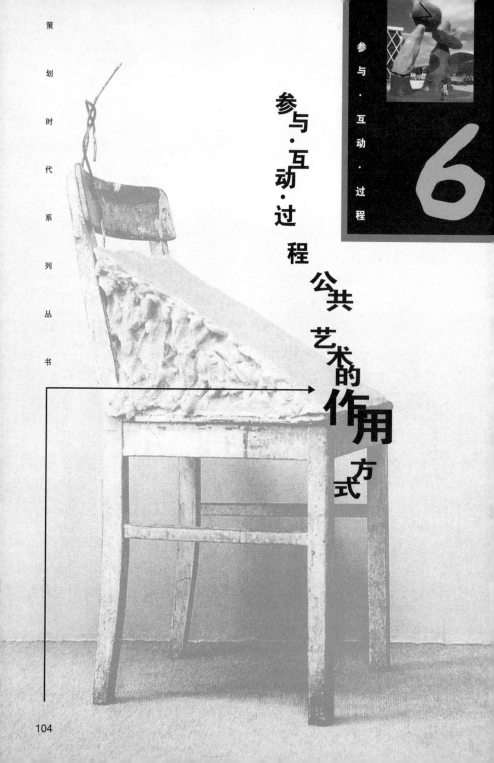

参·互动·过程 公共 艺术的 作用 方式

六 参与·互动·过程——公共艺术的作用方式

公共艺术改变了传统艺术：艺术家——作品——观众这种线性的生产、消费流程，在公共艺术的过程中，始终强调公众的参与，许多作品是艺术家和公众共同完成的，公众的参与使公共艺术真正成为公众的艺术。

从当代公共艺术产生的第一天开始，如何让公共艺术具有可参与性，便成为艺术家们孜孜以求的目标，他们为此使尽了浑身的解数。

金霍尔兹在从事艺术活动以前，做过很多工作，1953年他由华盛顿的费尔菲尔德搬到洛杉矶以后，曾在精神病院工作过，还推销过汽车，当过清洁工等等。1956年，他开始开办画廊，从20世纪60年代初期开始，他的作品开始更多考虑如何让更多的公众能够了解和参与他的艺术。在洛杉矶，有一种经济饭馆最早是艺术家聚居的咖啡馆。金霍尔兹有感于此，作了一件名为《经济饭馆》的作品，这件作品表现一个饭馆的剖面，里面的人物与真人一样大小。观众在雕塑中挤着走，这些雕像是用真人铸模的，衣服也是认真定制的，只不过雕像的头部全是钟表，它们都停留在10点10分的位置上。其中只有饭馆老板巴尼用的是他的肖像。酒吧的道具一部分是真的，一部分是仿制的，空气中甚至可以闻到烹调的味道。一面镜子是一幅照片，反射着《经济餐馆》里的真实景象。当人们穿过双重门进入餐馆，录音带在播放音乐，这些音乐专门适合于夜间餐馆播放。外面是一个报架，报纸和作品所表现的时间同为一天。这是一种生活现场的复制，是人们十分熟悉的生活场景的再现，它唤起公众对曾经没有特别在意的生活现象的回忆，从中寻找到历史痕迹，这种场景对公众而言是熟识的、亲切的、参与的。

1960年，金霍尔兹还展出过一组特殊的作品，一排观念作品，每个作品上放置着一块黄铜饰板。参观者可以有如下的自由选择：1.购买观念，由参观者随意选择；2.购买绘制了这些"观念"的素描；3.购买整个观念造型，这需要签订合约，因为这需要购买者付材料费用，作品将在一定标准的比率上完成。金霍尔兹的这个行为很难把它归到哪一类作品中，它完全将观众带入到创作的情景中，极大地尊重参与者的判断和选择的权利，金霍尔兹期待的是观众参与，如果没有观众的配合，这件作品将是无法想象的。

美国女艺术家芭卡的公共艺术采取的是另一种参与方式。从1976年开始，她在美国洛杉矶的一道排洪渠的水泥墙上，组织城市贫民青少年创造壁画，壁画的主题是关于加州的多种文化的历史，这道水泥墙长达2,400英尺，由于芭卡组织青少年10多年来坚持不断地画下去，这个命名为《洛杉矶长城》的壁画将成为世界上最长的一幅壁画。

　　尽管参加壁画活动的青少年大多数并没有受到过专业的绘画训练，但是在芭卡的帮助和鼓励下，他们画出了色彩绚丽鲜艳，想象丰富的画面。这种长时间地组织壁画创作的意义在于，它使一些从来没有机会参加任何创造性活动的黑人和墨西哥族的青少年领略到了艺术创造的魅力。芭卡说，通过参加壁画创作的过程，青少年们明白，他们也能给人以极大的鼓励和启发，也亲身体会到，只要团结一心，目标就一定能达到。这幅一直延续下去的壁画，实现着艺术"为人民服务"的理想。参与，使人们了解公共艺术，也只有在参与的过程中才真正实现了公共艺术的价值。

　　公众对公共艺术的参与的结果，是实现作品的互动，即艺术家和公众的双向交流，相互影响，互动的主体是平行的，它是作品的延伸，它使公共艺术的结果呈现出开放性，作品的意义和结果只有在互动中才能完成。

　　20世纪六七十年代，在美国和欧洲十分盛行的"偶发艺术"实际有相当部分可以看做是公共艺术的一种方式。"偶发艺术"的一个重要基点就是建立在与观众互动基础上，没有互动便没有"偶发艺术"。"偶发"这个词产生于1959年艾伦·卡普罗在纽约的一个展览，题为"6幕18项偶发事件"，这个展览有几个不同的场所，里面都有艺术家从事不同的表演，在艺术家的表演期间，观众依据暗示从一个房间走到另一个房间，"成为偶发事件的一部分"，观众的配合正是表演能够进行的一个组成部分。至于如何解读这些不连贯的表演则是观众的事情，艺术家给予观众的提示很少，所以卡普罗提醒观众，"就艺术家而言，这些行动一点意义也没有"，那么，意义在哪里？在观众的理解中。观众的理解便是与作品的互动，而作品的意义就在互动中实现。

（图65）互动观察亭 纽约

卡普罗曾经对"偶发"有一个定义，说是一种"在不止一个时间与地点中演出或理解的事件的集合"，即由艺术家和观众共同在一个环境中所创作的艺术作品，而卡普罗对环境的理解是："从字面上说，就是你所走进去的那个地方的周围。"从事"偶发艺术"的艺术家从来不发表共同的艺术主张来界定其艺术形式，这就给了它一种多样性的可能。这说明，偶发艺术是一种开放的艺术，是由观众和艺术家共同完成，共同赋予它意义的艺术，这就不同于过去人们所熟悉的那种艺术方式。卡普罗有一个叫《印刷》的作品，是艺术家在公共场所，让观众拿油漆喷枪，把自己人形的外轮廓沿着人形喷出来。一个叫《姿态》的作品，则是各种动作的照片最后贴在活动发生的地方。

在城市公共空间，人们经常会看到一些公共艺术作品体现出互动的意识。纽约百老汇三角地有一件叫《互动观察亭》（图

（图66）帕斯卡尔·耐普作品

65）的作品。这件作品是由几块橙橘色的有机玻璃组成的一个电话亭式的小间，里面只能容一个人进去，根据指示牌上的提示，按照规定的角度站好，向外望出去，眼前的那个鼎鼎大名的曼哈顿"弗拉蒂伦"大楼从观众的眼前消失了，你只能看到两边分叉、车水马龙、人气正旺的百老汇东西大街。作者在标牌中，这样阐释作品的意图："当你站在这个亭子里，弗拉蒂伦在你的视点里消失。你的视点滑向百老汇和第五大道，然后回到你自己。你观察你看的门道，然后回到你自己，你自己成为观察和意识的焦点。"

　　一个好的公共艺术，有时候只要有一个好的创意，就会吸引艺术家，吸引公众共同来完成。1996年，瑞士雕塑家帕斯卡尔·耐普在苏黎世的一个艺术节上花了5个星期的时间，雕塑了一头白色的奶牛。这头奶牛用了近两吨的石膏粉，这件雕塑保持了奶

（图 67）"彩牛汇"展作品

牛的外形，同时在不影响它大的结构的情况下，有意增加了一些
块面和角度，为的是让它像一个画板，让参加艺术节的艺术家继
续完成这件作品，在上面尽情地挥洒它们的灵感。结果这件作品
在艺术节上大受欢迎。（图 66）作品的成功使帕斯卡尔萌生了一
个想法，为什么不让这种作品方式走出博物馆，走向公共空间，
直接面向社会，面向公众呢？于是，他们成立了一个名为"彩牛
汇"的艺术机构。如今，"彩牛汇"每年在世界上的一些著名的城

（图68）"彩牛汇"展作品

市的公共空间举办彩牛展览。1999年在芝加哥举办了第一届彩牛展，获得了极大的成功，展览吸引了近三百万游客。后来，彩牛展又在纽约、斯坦姆福特、西奥兰奇、堪萨斯、休斯顿等地举办。这个展览每到一地，都受到了市民的欢迎。（图67）

　　彩牛展的组织方式是这样的，"彩牛汇"为艺术家提供最初白色的奶牛，供艺术家依照自己的奇思妙想在牛身上挥洒，一些赞助商则为艺术家提供赞助；画好的彩牛零散分布于每一座城市的街头巷尾、花园及其他的公共场所，对市容起到很好的点缀作用。这些彩牛不怕风吹雨淋，游人可以随便地触摸，甚至可以攀上牛背充当一次牧人。前来参观展览的人可以从组织者那里获取一幅彩牛的分布图，然后"依图索牛"，不

（图69）"彩牛汇"展作品

仅可以领略城市之美，也可以获得发现的快感。展览结束以后，这些彩牛可以进行拍卖，拍卖的收入全部用于慈善事业。这也是这个展览为什么每到一个城市，都会受到市民热烈欢迎的原因。（图68、69）

不仅彩牛可以成为市民的狂欢节，日常生活中的普通物品如果和艺术、公共发生关系，同样也可以成为优秀的公共艺术作品。在瑞士的苏黎世，有一种特殊的椅子艺术，当公众漫步在街头的时候，可以看到各种各样，造型奇特的椅子。（图70）实际上，公共空间的椅子作为一种城市设施本身就是一件公共性很强的物品，如果椅子的造型和一个城市的风格、一个城市的趣味、一个城市的历史文化联系起来，它会成为一种妙趣横生的艺术，它表现出城市独特的幽默感。（图71）

早在18世纪的时候，苏黎世街头就出现了一些动物造型的椅子，当椅子不再成为仅仅是一种坐的器具的时候，它就受到了人们的关注。它成为谈论的对象，成为拍照的对象，成为欣赏的对象，于是，一种"椅子艺术"出现了。当这种想法最早出现的时候，得到了许多艺术家和工艺美术师的支持，人们希望通过它来体现城市悠久的历史文化的特色，拓展城市的文化空间，并发挥人们的想像力。更何况椅子的艺术渗透在老百姓的日常生活中，与他们在城市的活动密切相关，它们总是在城市最显眼的地方出现，无论什么人坐在上面，都会成为艺术的一个部分。（图72）所以椅子的艺术在无意中成为城市与个人，艺术品与实用物品，艺术和工艺美术之间的桥梁。椅子艺术的最初的倡导者，就是希望这些色彩斑斓的椅子能够吸引各种

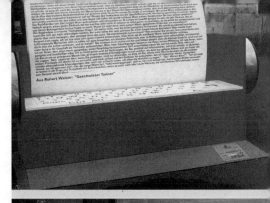

（图70）作品《椅子》 苏黎世

各样的人群，让他们走上街头，让他们购物，让他们娱乐，让他们和椅子一起点缀城市的文化，也就是说从一开始，设计者就有意识地把公众当做了这些设计中看不见的部分，成为椅子艺术的潜在因素。（图73）

　　公共艺术是过程的艺术，它注重的是作品的过程而不是结果。在表现形式上，公共艺术常常体现为一个社会事件和公众活动的过程。

　　西方马克思主义的代表人物马尔库塞说过，"社会是一件艺

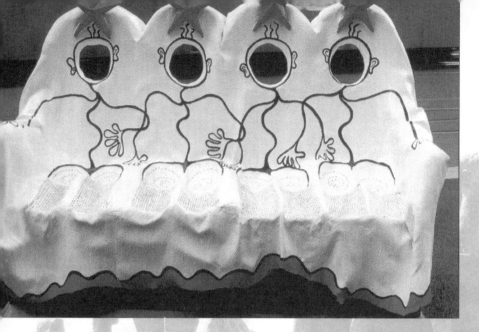

（图71）椅子造型

术品"，公共艺术的过程就是通常是面对社会情景而产生的一个作品过程。中国旅美艺术家陈强1992年在纽约苏荷区作了一件名为《灵在世纪末》的作品。这件作品的内容和采用的方式是：1.拍摄了3,640个流浪汉的照片，并且把这些照片全部制成绿色的门牌，按照街道数列编号，次序安置在整个苏荷区的每张门上；2.作者与几十名流浪汉在苏荷大街上以慢动作作行为艺术表演；3.将他拍摄的3,640张流浪汉的照片全部按照纽约城里现行的路牌样式进行制作，即在每张路牌左边都印制一张流浪汉的头像，并把它们分别安置在曼哈顿下城的一些主要街区的路口上。显然，这件作品基于一个庞大的计划，需要在一个相对长的时间段来完成，而且整个过程从头到尾都是作品的有机部分。从表面上看起来，作品的主题是"无家可归"，这在美国社会是一个随处可见的现象，在作品的背后，其实是一种双重的象征，作者还寄寓了一种现代人在精神失去家园，变得无可寄托和归依的困境，它提出的问题是，我们在精神上是否比流浪汉更富有这样一个尖锐的问题。

陈强的另一件作品是《天堂的留言》，这件作品也是从美国常见的女权、民权、同性恋的现象入手的。1.拍摄5,000张曼哈顿的餐馆洗手间墙上的涂鸦字画的照片；2.根据这些照片制作40万张明信片，这些明信片被套在印有标题的信封里，撒在纽约苏

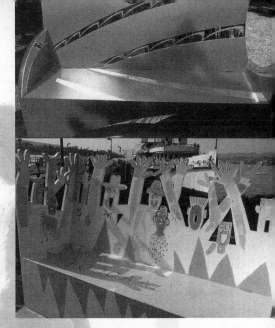

（图72）苏黎世街头

荷区的街道上；3.5,000张照片和作品宣言被张贴在曼哈顿的街道和街头的电话亭里，4.三种不同的招贴张贴在街头，作品的宣言在三个著名的杂志上发表；5.出版由5,000张照片组成的书，书名是《东村酒吧指南》，作用是引导人们寻找那些洗手间里的涂鸦字画；选取不同社会阶层的5个人对这本书作出评价，进行推销，这5个人包括：一个著名艺术家、一个无家可归的流浪汉、一个精神分析学家、一个妓女、一个政治家。在作者看来，洗手间里的涂鸦字画反映了人的内心深处的一个隐秘的黑暗空间，这是一种亚文化的潜流和对文明制度的绝望和焦虑，人的悲剧就在于从来不敢正视自己内心深处的堕落，只好把想说又说不出口的话留在了肮脏的墙上。从这件作品的过程来看，他利用了社会的信息传递方式，将这种不能见阳光的东西公开化了，从中可以窥视不同人们对这种暴露方式的态度；同时，作品几乎是强制性的在社

（图73）苏黎世街头雕塑

会公共空间出现，逼着人们必须面对，这与过去人们主动到艺术场馆欣赏作品完全不同。

除了这些作品，前面我们介绍过的荷勒纳·爱隆长达10年的反核作品、长达6年之久的朱迪·芝加哥的《晚宴》，也都是充分体现了公共艺术过程性特点的作品。

除了观念性、行为的作品外，还有一些以建筑和雕塑形式表现出来的大型公共艺术作品也突出地表现出了公共艺术强调过程的特点。

凡是到过西班牙巴塞罗那的人，都会去寻找一个特别的建筑物——高迪教堂（神圣家族教堂），这是巴塞罗那的标志和骄傲，这个城市的旅游促销甚至有这样的口号：整个巴塞罗那就是高迪！尽管口号比较夸张，但代表了巴塞罗那市民发自内心的自豪感。（图74）

建筑怪才高迪1852年出生在巴塞罗那附近的一个小镇，他的父亲是个铜匠，可他从小就立志做一个建筑师，他17岁离开家乡来到巴塞罗那，跟随建筑大师学习，1878年毕业，成为正式的建筑师，在巴塞罗那他一共留下了9件建筑作品。

1882年神圣家族教堂开始建造，到现在已经建了150年，目前，还没有完成一半，据估计还要建设200年才能完成，即便这样，仍不妨碍这个宏伟的建筑已经取得了世界性的名声。这个教堂高150米，四周是8根玉米棒子一样的参差错落的尖形塔高高地耸入

（图74）巴塞罗那标志

云天，这个教堂吸收了建筑史上各种风格，形成了它奇异、怪诞的造型，高迪在这里运用了很多象征的手法，也利用雕塑的手段，在建筑上布置了大量的人物、动物的造型，它们以高迪的方式讲述着圣经的故事，它的每一个表现都似乎前无古人，不落窠臼，它产生的综合的效应类似一个童话王国里的魔幻宫殿。据说，在高迪的脑海里，对此建筑的构想一直没有最后定稿，所以从19世纪80年代开工以来总是边设计、边施工，逐步不断地修改和完善他的创造性的建筑构想。高迪之死据说就是为了看一看高塔造型，站在马路中央回望教堂，不慎给汽车撞倒，他的遗体埋藏在教堂的地下室。高迪死后，教堂建设停了10多年，才有人承其风格，继续建造，仍然在高迪原设计的基础上不断修建改造，为的是把高迪这个最得意的作品建造得完美无缺。（图75）

高迪教堂的魅力除了他天才的设计外，还有就是他的过程，

（图75）高迪《神圣家族教堂》

　　高迪生前，几乎是全心全意，把生命的最后一股精力，都倾注于神圣家族教堂。据说，为了筹钱，他曾经在街头托钵募款。作为建筑，高迪教堂的意义远远不是一个建筑师的作品，也超越了它的宗教意义，它更多地成为这个城市文化的一个部分，成为全体巴塞罗那人瞩目的事情，所以，尽管教堂还在建设中，这个建设过程的每一个部分和细节都已经足够让人们细细品味了。

　　美国南达科他州的著名雕塑家柯尔沙克·捷奥科夫斯基的大型山体雕塑《狂马酋长》也是一个典型的例子。柯尔沙克1908年出生在波士顿。他没有进过艺术学院，只是从观摩名家大师的作品中悟出雕塑的道理，并通过实践掌握了雕塑的技巧。1939年，他收到了印第安酋长立熊的一封信，信中提到看到过他雕刻的人像，十分欣赏，希望请他为印第安英雄狂马立一座像民主圣殿一样宏伟的雕刻。酋长说："我和我的伙伴希望白种人知道我们红种人也有伟大的英雄。"柯尔沙克仔细听取了立熊的意见，经过长达7年的思考，研究印第安人的历史，最后终于答应了立熊的要求。

（图76）捷奥科夫斯《狂马酋长》美国

1946年，他和立熊一起寻找到了一座600尺高的无名大山。柯尔沙克用自己的钱买下了这座山，取名叫雷云山。

　　柯尔沙克打算将整座大山雕成一座世界上从未有过的巨大的石像。石像全高563尺、长641尺，仅狂马的人头就近90尺高，近似一个足球场的长度，可容4,000人站在上面。狂马所骑的马头高219尺，高过22层楼。1948年，柯尔沙克用很简陋的工具开始在山上开凿钻洞，由立熊按下爆破电钮。来参加开爆典礼的有400多个印第安人，其中有5个人曾经和狂马共同战斗，打败过美国政府军。因为狂马生前拒绝拍照片，所以根据人们的描述，柯尔沙克所雕刻的狂马也许并不一定像他本人，但在精神气概上则要充分表现这个印第安战将的英雄本色。35年过去了，柯尔沙克年复一年，日复一日在山上工作，到1982年他去世，整座山已经初具规模。柯尔沙克去世后，他的妻子露芙接替了他的工作，他的10个儿女中，有7个留下来继续雕刻这座大山。1987年春，头像完成了。1999年，他们开始爆破马头部分的岩石，现在这件工作继续在进行。（图76）

策划时代系列丛书

多元化与多样性

公共艺术的表现形式

7

七 多元化与多样性——公共艺术的表现形式

公共艺术与城市雕塑、景观艺术、环境艺术相比，除强调公共性，强调与公众的交流和互动以外，在价值观上，还尊重不同文化的差异性，倾听不同的声音，承认不同的选择，肯定不同的方式，从而体现出多元化的特征。公共艺术的多元化打破了传统城市雕塑和景观艺术强调视觉的审美，强调趣味上的"正面性"，强调功能上的纪念性等特点，呈现新的开放的意义。

公共艺术在作品形态上，更是利用当代艺术中各种可能的方式进行表达，在艺术与社会、艺术与公众的关系上，体现出多样性的特点。

以城市雕塑和景观艺术的面貌出现，但为它们赋予了新的文化内涵和社会意义，这是当代公共艺术的一种常见的方式。

具有城市雕塑的形态，但又丰富了原来意义上城市雕塑的内

（图77）考尔德活动雕塑

涵，这是以"城市雕塑"面貌出现的公共艺术的一个特点。这一点在美国艺术家考尔德的作品中体现得比较突出。

20世纪60年代初期，当代公共艺术刚刚兴起的时候，亚力山大·考尔德就是其中一个相当活跃的人物。考尔德出身在美国的一个艺术世家，当然，这并不意味着他天生就要与艺术发生关系，事实上，他最早学的是机械工程，直到24岁才对美术发生兴趣。考尔德不同于亨利·莫尔这些城市雕塑创作者的一个重要的地方，是改变了大型雕塑的创作方法，这也许与他的专业背景有关。1926年考尔德赴巴黎从事雕刻时，开始用木头和金属线制造玩具。在此基础上，他进一步用金属线制造真人大小的模特和母狼等较大的作品。最初，他的这些尝试都只是凭自己的兴趣小打小闹，直到1930年，他到荷兰名画家蒙德里安画室拜访，才了解到了现代绘画的动向，他的作品也趋于抽象。1931开始，他制作了机器牵动的雕塑，这种雕塑不再是几千年来"静穆"的形式，而是在空气中不断运动。考尔德当时是想借助这样的"四

（图78）考尔德《火烈鸟》

（图79）考尔德雕塑

维绘画"，产生"活动的蒙德里安式的作品"。他的这种探索性的雕塑被当时大名鼎鼎的杜尚称为"活动雕塑"，这一下让考尔德顿时声名大振。在考尔德创作的晚期，也就是20世纪60年代，他开始向大型雕塑的方向发展，开始与公共艺术发生关系。考尔德为德国斯

（图80）

图加特中心火车站所做的一件活动雕塑，（图77）基座完全由曲折的三角形构成，并分别涂成红、黄、黑等颜色。考尔德的活动雕塑具有一种强烈的解构性，它动摇了很多传统雕塑的根基性的东西，例如：它的运动，它的机械装置，它的色彩，这些使活动雕塑与民间的玩具更接近，它离过去那种肃穆、团块、体量的雕塑概念已经很远了。

（图81）米罗雕塑

考尔德喜欢用"工作"来代替"艺术"，他说："一个艺术家应该直率地从事于他的工作，并且带着他对所使用材料的极度尊敬、设备的简单和喜欢冒险的精神在着手不熟悉的未知的东西时是必不可少的。结构、色彩、尺寸、重量、运动的不同是需要构成的。艺术家通过创造或破坏，实际上要控制的正是一种在外形上偶然整齐的东西。"看起来，考尔德以另一种方式来看待雕塑，赋予了雕塑许多不同的东西。考尔德也有静态的雕塑，他放置在美国芝加哥、洛杉矶等地的如《火烈鸟》一类静态的作品也具有很大的影响。（图78）

前面我们介绍过奥登伯格的作品，他的作品在外表的形态上与城市雕塑也是相同的，不同的是他的作品中新的观念的变化，

他的雕塑是生活化的、普通物品的超常规放大，这些作品带给公共艺术一种新的气象。（图79）

一部分架上雕塑作品以户外尺度走进公共空间，带来了"架上"艺术的革命性

（图82）米罗雕塑

转变；绘画和雕塑界限的突破，为雕塑带来了丰富的色彩和绘画性的因素，这些都更加丰富了公共艺术的表现力。

从20世纪开始，有一些原本属于"架上雕塑"的作品，开始走出美术馆，放置在公共空间，"架上雕塑"艺术从室内走向室外；从美术馆走向公众，是雕塑的一次革命。

现有的艺术分类学的思想在18世纪才开始在欧洲出现，在这以前，在西方艺术史上，对于什么是绘画，什么是雕塑还没有一个明确的界定。例如，1378年，佛罗伦萨的画家属于医生和药剂师的行会；波罗尼亚的画家则属于乐器行会或出版商行会。这时的建筑师和雕塑家则属于泥瓦匠和木匠的行会。17世纪30年代，欧洲出版的《百科全书》中，作者阿尔施泰德把雕塑分为4种：木雕、雕像、浮雕、塑像，他并没有试图为这4种不同的形式寻找一个统一的名称，在他看来它们是4个行当，也就是说，

（图 83）米罗雕塑

（图84）让·迪比费雕塑

在18世纪以前是没有所谓纯雕塑概念的，在此之后，随着艺术的自觉，艺术家地位的提高，艺术教育制度的建立使雕塑成为一种纯粹的艺术，它逐步从功能中摆脱出来，成为展厅和沙龙的艺术。后来又成为博物馆、艺术馆的藏品。雕塑成为一门纯艺术后，它们与公众的接触只是在一个有限的层面，其前提是，公众必须进入"神圣的"艺术殿堂，才能一睹风采。

公共艺术的出现，雕塑作为公共艺术对老百姓日常生活空间的进入，也动摇了一部分安卧在艺术殿堂里的架上艺术。随着艺术的普及，艺术教育程度的提高，让著名的架上艺术作品，成为公共空间让公众共享的艺术，成为一种历史的趋势。同时还有一部分并不专门从事雕塑创作的艺术家，也有意地创作了一部分大型雕塑作品，他们对于公共艺术的介入，为公共艺术带来了丰富的表现力。（图80）

米罗是一个著名画家，可是他的大型雕塑也很受公众的欢迎，在风格上，他的雕塑与绘画一样，保持了一颗童心，当它作为公共艺术出现的时候，还具有过去雕塑少有的幽默感，加之色彩绚丽，很快受到了人们的青睐，他的作品在欧美受到普遍的欢迎。米罗放置在巴黎新区拉德方斯的雕塑，像两个正在跳舞的小丑，它顿时带给四周一种轻松活泼的气氛。（图81、82）著名画家也参与公共艺术里的还有毕加索等一批人，作为20世纪国际艺术界的大家，毕加索参与公共艺术本身就是一种姿态，这是公共艺术深入人心的标志。（图83）

还有许多公共艺术作品相对与传统的雕塑，带来了丰富的色彩，也带来了绘画性的成分，这种不同艺术种类之间的融合，加强了公共艺术进入日常生活空间中的吸引力和魅力。让·迪比费就是二战后在法国涌现出来的优秀艺术家。（图84）应该说，像

（图85）让·迪比费雕塑

多元化与多样性

129

（图 86）罗伯特·史密森《螺旋形防波堤》

米罗、毕加索、迪比费这些人，都很难简单地把他们归为哪一类，当他们艺术的触角深入到公共艺术领域的时候，他们就是一个很好的公共艺术家。就绘画而言，迪比费对于儿童画、对精神病患者的作品、对涂鸦艺术十分欣赏，所以他在从事公共艺术的时候，也将其中的因素带入其中，他的作品的每个构件都在白色的基底上面勾勒出黑色的线条，并在个别部位涂上红色。这使得他的作品的特点十分鲜明，不管放在何处，一眼就能看出出自迪比费之手。他的这种做法据说是受到人们打电话时用圆珠笔信手涂鸦的启示。（图 85）

地景艺术的出现，将公共艺术带入了一个恢弘的境界，它是对景观艺术的发展和突破。

几乎所有关于地景艺术的介绍，都要谈到美国的地景艺术家罗伯特·史密森，也都不可避免地要提及他的名作《螺旋形防波堤》。(图86)这是他1970年32岁时的作品，在盐湖区用石头和结晶盐筑出的一道长达 1,500 英尺的堤岸。史密森于1973年死于一次意外的事故。尽管他的事业是如此的短暂，但他在有限的生命中所创造的辉煌成为几十年来从事地景艺术的人们所模仿的对象。他所使用的手段似乎是最古老的，但他赋予了这个古老方式以巨大的气势和力量。

地景艺术又称作"大地艺术"。与人们通常所说的景观艺术相比并不相同，当然从广义上说，地景艺术也是景观艺术，但是，这些从事地景创作的艺术家，更强调自己的观念，他们都选择一些偏远

（图87）海泽地景艺术

（图88）海泽地景艺术

（图89）地景艺术

的地方，他们拒绝艺术的商业化成分，表现出一种回到远古，试图与历史和大自然对话的欲望。著名的地景艺术家海泽的作品，就表现出一种苍凉、浓郁的原始和神秘的意味。（图87、88）此外，这些地景艺术家在从事艺术的时候，都有着明确的自然观，他们十分支持生态和环保运动（图89）。他们的作品通常以贴近大自然的语言，表现出对自然的尊重。

　　从事包裹艺术的克里斯托也是著名的地景艺术家，不过，克里斯托与史密森、海泽等人的区别在于，他不追求永恒性，他只是在一个设定的时间段内用人工的方式改变自然，然后迅速又将自然恢复成原状。地景艺术所表现出的这种恢弘的境界显然是过去的点缀式美化环境的景观艺术所无法比拟的。

公共艺术丰富了城市雕塑、环境艺术、景观艺术的表现手法，在所使用的载体、所利用的材料、所表达的方式上，都采取了更加灵活自由的方式。

洪德瓦瑟尔是维也纳的一个著名艺术家，他的公共艺术作品的载体是建筑，他所创作的建筑艺术融建筑、绘画、雕塑于一体，成为维也纳一道美丽的风景。（图90）洪德瓦瑟尔从20世纪70年代开始，把自己的生活哲学应用到建筑的理念中，他认为："完美的住宅应该属于自然的一部分——它应该是一件活生生的雕塑品，构成的元素在丰富的色彩中闪耀，建筑的每一个部分应该具有实际功能，而旧有的原料要重新利用。"洪德瓦瑟尔对于建筑空间的理解是非常富于想像力的，任何一个人，哪怕是丝毫不懂建筑艺术的人，也会对他的作品感兴趣。以洪德瓦瑟尔大楼为例，（图91）虽然建筑的体量不大，但有着丰富的变化，建筑

（图90）洪德瓦瑟尔作品

（图91）洪德瓦瑟尔作品

（图 92）洪德瓦瑟尔作品

（图93）洪德瓦瑟尔作品

的表面用碎瓷片和马赛克材料拼出不同的颜色和图案,建筑内部
也是色彩斑斓,变化无穷,它的窗户,尽管随意,但每一扇都不
相同,远远望去,整个建筑给人阳光灿烂的感觉,充满了生活的
欢乐。洪德瓦瑟尔是一位特别注重运用旧材料的人,也特别注重
保护自然,正是在这样的基点上,他的建筑不仅仅是装饰的,而
是在快乐中充满他关于环保,关于生活的艺术化等方面的哲学思
想。(图92、93)

　　除了建筑外,公共艺术还可以在人们意想不到的地方,例如
马路的地面,来表达它的意念。纽约苏荷区一条普通的便道上的
《纽约地铁图》,(图94)体现出来的就是公共艺术的这种相当灵
活的方式。这是艺术家弗朗索瓦·沙因创作的,它的确是一张真
实的地铁图,你又可以把它看做是一件艺术品,这是以一种非常

（图94）弗朗索瓦·沙因《地铁图》

生活化的方式，对苏荷这样一个当代艺术的圣地的进入，这个作品不能不说是体现了一种相当巧妙的艺术思维。

布鲁斯·瑙曼是光效应艺术的代表艺术家，他的霓虹灯作品是直接从商业广告中挪用来的，它反映了信息社会给艺术带来的影响。作为公共艺术，他树立在芝加哥地铁出口的作品（图95）直接用文字标示着"人类、自然、动物"这几个字样，在这几个字外，又写着享乐、死亡、痛苦、仇恨等等字眼，这些常见的字符在霓虹灯的变幻中时隐时现，传达出一种警示和预言的信息、肯定和否定的符号和字义的重叠相交，意味着当代人类多重复杂的经验。（图96、97）

和现代电子科技相关已经成为现今人们生活一个部分的电视和录像，也成为公共艺术的载体，被称为录像艺术之父的韩国旅美艺术家白南准被认为是20世纪最重

（图95）布鲁斯·瑙曼作品

（图96）布鲁斯·瑙曼作品

（图97）

要的艺术家之一，他的功绩在于，为艺术家创造性的使用录像艺术这一媒体提供了范例。他不仅成功尝试了录像装置、多媒体的组合等各种方式，还对传统雕塑提出了挑战，他把电视分别当做建筑物和人类的形体，在1989年创作的《西斯廷教堂》作品中，他用电视投影把肖像层叠转换到三度空间。他的录像还作为公共艺术出现在公共空间，1999年香榭丽舍大道的雕塑节上，就有他的录像作品。（图98）

（图98）布鲁斯·瑙曼作品

时间性的公共艺术放弃了对于永久性的追求，在有限的时间内与公众进行现场沟通，它通过照片、录像等方式记录过程，进行传播，产生影响。

公共艺术中还有一些深受公众注目的方式，它们是放弃了对于艺术永久性追求的作品，这些作品的一个共同特点是时间性的，它们只是存在于某一个有限的时间段。中国旅美艺术家蔡国强的"爆破艺术"就是被老百姓认为很好看的艺术。

火药是中国古代的四大发明之一。蔡国强的老家福建泉州在过年过节最喜欢放烟花炮竹，火药的恢弘气势，燃爆瞬间的震撼人心、辉煌壮丽，都在蔡国强的心里留下了烙印。1981年到1985年，蔡国强就读于上海戏剧学院舞台美术系的时候，就开始思索如何将火药与艺术结缘。起初，他把火药燃爆效果运用于绘画，

多

元

化

与

多

样

性

（图99）三宅一生作品时装秀

发明了"火药画"，但是他还是觉得不过瘾，于是，他把火药运用于行为艺术，认为这样才能真正体现火药的真谛。

　　1998年，在法国卡地亚艺术中心，国际著名的日本时装设计师三宅一生的63件精心设计的时装在大厅里摆成一条长龙，蔡国强在每件时装上洒上分量不同的各种颜色的火药，然后点燃引信，几秒钟以后，这些价值万金的名贵时装千疮百孔，斑斑龙纹。一场令来宾目瞪口呆的名为"做东西"的时装展就此结束。这些"现代艺术的成果"事后又由三宅一生运用最先进的印刷技术印制到成批的时装上。（图99）1999年11月，奥地利国家美术馆周围几幢大楼的建筑工地上吊车林立。蔡国强在上面安装了长达600米的火药线。傍晚时分，万众翘首等待，蔡国强一声引爆，600米的火龙金蛇狂舞，映红了半边天，在万众一片欢呼声中，"龙到维也纳旅游"推广活动宣告完成。（图100）

蔡国强的爆破艺术在世界各地处处开花：在美国内华达核试验基地引爆火药制造蘑菇云效果；在纽约上空，在自由女神像附近的小岛上燃放烟雾，制造一次又一次的蘑菇云效果。（图101）他认为20世纪的一大特征是"有蘑菇云的世纪"，这一方面是说明现代文明的高度发展已从火药演化到核时代，另一方面也有警醒战争的意味。蔡国强的另一个大手笔是在2001年上海国际APEC会议期间的景观焰火，当焰火在黄浦江上燃放时，在无数人们的欢呼声中，公共艺术真正成为大众的狂欢节。

蔡国强1992年所作的《为外星人所做的计划第9号；胎动之二》沿着3个同心圆，还有8条从中央的同心圆向外延伸的放射状火药安置在地下20厘米处，内、外两个圆还以满渠围住。在地下50厘米处分别埋设9个地震感应器，并连接到安装在中央小岛上的地震仪。蔡坐在小岛上，头上与胸

（图100）蔡国强《龙到维也纳》

（图101）蔡国强《有蘑菇云的世纪》

（图102）蔡国强《为外星人所做的计划第9号》

部分别接上脑波仪与心动电流扫描仪。当他点燃作品时，除了记录下他的心跳与脑波外，也记录了地表的震动情况。（图102）

　　蔡国强的爆破艺术是从20世纪60年代开始风行的行为艺术的延续，行为艺术的重要特点之一，是以时间性的方式展开的。从行为艺术与公众联系的角度着眼，有相当一部分行为艺术的作品，可以看做是公共艺术。

　　1972年5月1日，波伊斯在柏林雷朗街画廊发起"清扫行为"，这位一向有点古怪和神秘的艺术家，怎么干起清洁工的活来了？波伊斯的扫地之意当然不在街面的清扫，"我想以此说明，就连示威者们坚定的意识形态，标语牌上所谓的无产阶级专政也必须一

（图103）

（图104）米兰·克里扎克《直接的教堂》

扫而光。"（波伊斯）波伊斯充满寓意的这种清扫活动采用了最为
生活化的形式，其意图不言自明，主要是针对社会公众的。捷克
艺术家米兰·克里扎克的《直接的教堂》（图104）的行为，则是
一种更为激烈的方式，肉身和大地、躯体和木头、代表精神信仰
的十字架，也是以最直接的方式，提出了当代社会的精神问题。

多
元
化
与
多
样
性

社区、地域、环境

社区、地域、环境

公共艺术的场所特征

8

八　地域、社区、环境——公共艺术的场所特征

公共艺术的场所特征决定了它不是放之四海而皆准，普适性的艺术；相反，它总是针对特定社区、地域和环境的。

社区在当代社会是一个十分重要的概念，按照社会学的解释，社区就是一个地域群体，它以一定地理区域为基础，这个区域内的居民有着共同的意识和利益，有着较为密切的社会交往；地域这个概念具有较大的延伸性，它可以是社区的，也可以是城市的、乡村的，甚至是民族的、国家的；一定的社区、城市、乡村、民族、国家都有着特殊的自然、人文的环境，它们构成人们从事各种活动的背景。社区、地域、环境构成了公共艺术的场所，而公共艺术的场所特征在于它不是放之四海而皆准，普适性的，相反，它总是针对特定社区、特定地域和特定的环境的。这也就是说，公共艺术永远是受到场所限定的，在甲地是一个好的公共艺术作品，如果移植到乙地可能不一定好，这在于它所特定的社

社区、地域、环境

区、地域或者环境变了。中国古人有所谓橘化为枳的说法:"橘生淮南则为橘,生于淮北则为枳,叶徒相似,其实味不同,所以然者何?水土异也。"特别适应于描述公共艺术与其场所的关系。

公共艺术发生在特定的地域,由于它总是针对这些地域一些敏感的人物、事件和问题,所以,它常常也因意见的不一致而引起争论。美国华盛顿著名的公共艺术作品越战纪念碑就是一件曾经产生了很大争议的作品。

越南战争是在20世纪美国历史上留下了惨痛记忆的事件,在美国这是一个相当敏感的问题,而这个纪念碑的设计面向全国征稿时,居然让耶鲁大学建筑学院的华裔女学生、年仅21岁的林樱夺得,这就使这个事件更加富于戏剧性的色彩。(图105)

(图 105)林樱《越战纪念碑》

这个纪念碑的设计也是站在美国的立场上对这场战争的反思，林樱的设计是一个非常独特的建筑物，它不像一般的纪念碑那样高出地面，而是低于地面，呈一个对折的倒三角形，它与其说是一个纪念碑，倒不如说是一堵黑色的墙，墙上刻着58,132名越战死亡者的名字；镜面的墙体也可以说是一面镜子，一面历史的镜子。当其他人设计的纪念碑在尽量表现雄伟的时候，她却出人意料地选择了隐藏，使纪念碑凹入地下，并且采取了不显眼的黑色花岗岩为主体。据说，这件作品只是她的一个课堂作业，当时她刚刚修完一门叫《哀思建筑》的设计课程，她就以越战为题做了这个作业，老师在评分的时候才给了一个B，当越战纪念碑筹委会在全国征集方案时，林樱拿这个

（图106）林樱《越战纪念碑》

（图107）《越战纪念碑》

（图108）纽约马丁·路德金纪念碑

得分 B 的方案和她的老师一起参加了投稿。在全部参加角逐的1,421件作品中，经过层层筛选，最后林樱获得第一名。国家纪念碑评审委员会最后给她的评语是："它融入大地，而不是刺穿天空的精神，让我们感动！"（图106）

当林樱的作品向社会公开以后，虽然艺术界和新闻界对她的作品赞许有嘉，但退伍军人协会却表示不满，他们指责这个设计是"耻辱的黑色伤痕"，并且从政治上施加压力，要求评审委员会更改原设计。委员会为了慎重起见，重新仔细审阅了林樱的作品，审阅之后，觉得仍然是个好作品，拒绝了退伍军人的要求。到后来，即使在工程进行的过程中，争论还在继续，当时内政部长华特还曾经出面下令暂停工程进度，并要求在V字形的建筑中间放一座美国士兵的雕像并悬挂美国国旗，年轻有为的女设计师当时刚刚大学毕业，面对种种压力仍不肯妥协。她毅然要求撤回自己设计人的名字，因为，她认为如此这般的要求和篡改，已经破坏了她原设计的精神，在这种情况下，如果刻上设计师的名字不但是个谎言，对她来说也是个污辱。在她的坚持下，插旗之举取消，三个野战军人的雕塑也被移到V形纪念碑的侧面。就是因为林樱的坚持原则和据理力争，我们才能看到华盛顿今天的这个越

战纪念碑。（图107）

在越战纪念碑的背后，反映出美国社会对于这场战争的认识。越战是美国人心目中的一个隐痛，这次以失败而告终的战争引起了美国人的反思。在美国卷入越南战争以后，美国人民在国内掀起了巨大的反战运动：1966年5月，在美国校园内，学生们组成纠察队，游行，唱圣歌，有时还发生暴乱。在白宫草坪上，抗议者敦促美国总统"冷下来"。在芝加哥大学，大约有350名学生掌管了办公楼，抗议学院合作施行兵役制。8,000多名知识分子聚集在华盛顿，反对许多人称作"不能打赢的战争"。不少美国政界要人对这场战争也表示出自己鲜明的态度，美国前总统尼克松说："这场战争对美国人来说是受尽创伤的经历。"亨利·基辛格说："越南问题也许是一场悲剧，美国本来是根本不应该闯进去的。"正是由于越南战争对于美国社会的敏感，才产生了在越战纪念碑设计上的不同主张。林璎在设计越战纪念碑的时候，不是为了迎合国家主义的思想，而是从人性出发，表现出了对于战争，对于死亡的认识，与西方人的死后升天的思想相反，她把东方人的"入土为安"的思想带入到设计中。她的设计既从人道的角度表达了对战死者的哀思，又没有去

（图109）雷蒙·马松《前进》

（图110）雷蒙·马松
《瓜德罗普岛纪念碑》

张扬那种穷兵黩武的好战精神，她的设计最终得到了大多数美国人的肯定，取得了巨大的成功。现在，越战纪念碑不仅成为外来游客到华盛顿参观的必到景点，同时，还成为越战阵亡者家属祭奠亲人的地方。相比之下，据越战纪念碑不远的韩战纪念碑，也是黑色的墙体，出现了一队荷枪实弹的美国军人，在黑色墙体上出现了重叠的军人头像，这种肤浅的表现，一方面对越战纪念碑有某种模仿之嫌，在内涵上也较之越战纪念碑相距甚远。

林樱还在她的母校耶鲁大学的东亚图书馆的门口设计了一座很有意思的作品，女生纪念碑。一片半圆花岗石的剖面，中心渗出细细的清泉，清泉在向圆形的石碑四周徐缓地扩散，表达了女性的温柔与平和，在半圆的剖面上，以波纹的走线，刻着耶鲁大学从1873年以后女生的名字与数字。这些名字和数字，隐于薄水的波纹之中。这种表现方法，除了与校园的环境相和谐外，更重要的，还具有一种东方的情韵，也许这是因为它放置在东亚图书馆门口的关系，对于东方文化而言，女人是水，同时剖开的圆球还有其他的蕴含，圆是一个整体，而男人和女人、太阳和月亮、东方和西方它们都是相互独立、有相互依存的各自一半，这种处理给了人们丰富的遐想空间，使作品和环境达到了高度的融合。

当纪念碑作为公共艺术的时候，也许是最强调场所特征的，所

以有创意的纪念碑对艺术家是一个莫大的挑战。纽约的马丁·路德金的纪念碑也是一件别出心裁的作品。（图108）马丁·路德金是著名美国民权运动的领袖，他于20世纪60年代遇刺身亡，这件作品竖立在以他的名字命名的马丁·路德金中学的门口。这个

(图111)雷蒙·马松《受启发的人群》1986

纪念碑整体上像个盒子，碑面上镶嵌的厚钢板，上面刻着记述他生平和成就的文字。这个方形的碑体静静地伫立在那里，仿佛凛然面对着可能到来的各种攻击；它也像个大拳头，愤怒地集聚着被歧视者的力量，体现了他不屈不挠的斗争意志。种族歧视和民权运动也是美国社会中一个敏感的话题，作为公共艺术的马丁·路德金纪念碑与它的放置地点和所要针对的问题是一个不可分割的整体。

公共艺术在一个具体城市和地区的实施过程中，有计划、针对性的提出这个城市和地区的问题，通过公共艺术的方式，引起公众的广泛注意，使具有地域特色的公共艺术对社会产生影响。

2002年4月，中国美术学院雕塑系邀请美国西雅图市著名公共艺术策划人巴布拉·高迪专门介绍了美国西雅图市公共艺术的

社区、地域、环境

策划理念，公共艺术与城市文化、环境历史的关系，公共艺术在城市中的职责和权力。通过高迪介绍的几个西雅图公共艺术的个案，我们从中可以看到，西雅图的公共艺术家在做作品的时候，总是将自己的创作与这个城市特定的历史、文化和现实问题联系在一起。

西雅图市是一个濒临大海的城市，这里盛产三文鱼，在很长的一段时间里，三文鱼与这个城市的经济，人民的生活有着密切的联系，这里的土著居民印第安人祖祖辈辈就生活在这里，以捕鱼为生。后来由于水电站的建设，环境的污染，三文鱼的活动在这一海域大大减少，印第安人也逐步离开了这里。这一情况引起了艺术家们的关注。有一个艺术家利用信件的形式作了一个公共艺术作品：发放了三千封信，每封信里有一件绘有三文鱼的版画作品，版画经过特殊的处理，当人们打开后不久，鱼的颜色马上就变成了黑色，艺术家的意图就是用这样的方式向每一个打开信封的人们提出一个问题，三文鱼为什么变黑了？我们的城市，我们的环境出现了什么问题？艺术家希望通过这种方式引起人们注意环境和生态的问题。

还有一位艺术家在西雅图市中心做了一个印第安人"西雅图"的头像，纪念西雅图这个城市的得名，西雅图是一个印第安酋长的名字，艺术家塑造他的头像是希望与市民讨论这样一个问题：为什么印第安人离开了西雅图？这里的城市虽然越建越好，但是越来越不能让印第安人适应，房价越来越贵，居住的成本越来越高，而他们所赖以生存的三文鱼越来越少，他们不得不离开这个祖祖辈辈居住的城市。这座塑像原本是临时性的，放在城市中心的，后来由于市民们都很喜欢，觉得离不开这座塑像了，经市民要求，它变成了一件永久性的作品。

巴布拉·高迪还介绍了西雅图公共艺术部与其他部门合作，共同改善西雅图朗费罗河的工程。

这个项目是保护西雅图自然资源工程的一部分。这是一块湿地，为了改善这里的水质状况，恢复野生动物和鱼类栖息地，为人们提供一个与自然相互交流和沟通的户外环境，公共艺术家们在项目的设计中安排了西雅图的排供水系统。他们的设计不仅将朗费罗河栖息地的改善当做一个工程来做，同时还希望是一个精彩的艺术作品。他们设计了一系列的户外"房间"加强了人与水分线的联系，强调了与环境的融合。他们还设计了净化水源的大地艺术，瀑布、休闲空间、可供俯瞰的桥梁和凉亭，他们还创造了一条小路系统，引导人们通过一个连续的遮蔽体，一个户外房间将人们带进一个与自然共享的空间。

（图112）《墨尔本登陆纪念》

（图113）《风之梳》

蜻蜓公园是朗费罗河栖息地改善工程的入手点，在园区内，展现在参观者面前的是一个蜻蜓造型的凉亭和五彩缤纷的植物。艺术家采用了蜻蜓的形态，通过塑造蜻蜓在自然中飞舞的形象，来隐喻这里的生态状态。凉亭的设计包括可供游人休息、游览的马赛克长凳和小路、小桥。凉亭的平台代表蜻蜓的眼睛；平台的扶手和突出的部分代表蜻蜓的下颚；凉亭的顶部用弧形的钢筋造型来支撑，上面纹理细致、色彩丰富的玻璃镶嵌板好像是一道道的彩虹，象征蜻蜓的翅膀；顶部的镶嵌玻璃板和纹理结构，精彩含蓄的彩色光影图像，这一切为游人提供了一个休憩的空间。众多的植物具有自然的装饰性，在园区的高处，栽培了一组组耐旱的植物，它们具有极强生命力。红色、黄色的山茱萸嫩芽在秋天会变成具有魅力的金黄和紫色。一年四季众多的植物，为各种鸟群提供了叶林，将成为它们自由飞翔的栖息地。

这是一个综合性的公共艺术的设计，它也正好说明了公共艺术在手法上的多样性，它与通常的环境设计不同的是，它更强调从事这个项目设计的公共艺术家们的意图，这就是以公共艺术的整体性的方式拯救这块湿地，而拯救自然就是拯救人类自身。同时，公共艺术与环境的适应不是外在的，而是基于对于环境的理解，只有在这个基础上，艺术的意图才能得以真正的实现。

公共艺术与环境的协调不仅仅是视觉上的协调，同时还表现为公共艺术与生活在这个环境中的公众在文化精神上的协调和一致。

雷蒙·马松1922年出身在英国著名的工业城市伯明翰，童年时期，患有哮喘病的雷蒙·马松常常在楼下的窗前一呆就是几个小时，一边和病魔抗争，一边看着街上的人们沿着对面厂房的红砖墙走动，童年的记忆就这样自然而然地沉淀在他的记忆中。1946年，雷蒙·马松移居巴黎，在此期间他创作了大量的雕塑和绘画，童年的记忆一直也没有消失。1991年，这个出生于伯明翰的艺术家，在游历了各国后，带着他的满腔激情和现实主义的创作理念，在年近70岁的时候回到了故乡，为伯明翰市中心创作纪念碑群雕。这个命名为《前进》的作品再现了伯明翰的市民、烟囱、厂房的红砖墙。（图109）

雷蒙·马松的名言是："没有谵妄，没有神话，我们从事人类的艺术。"他的大型公共艺术作品总是一个城市和地区的真实状态的再现。《瓜德罗普岛纪念碑》图（110）坐落于拉丁美洲瓜德罗普岛上的主要城市皮特。作品纪念了当地的奴隶为抵抗拿破仑军队的入侵，为了自由而奋起抗争的情形。在一场战斗中，300多名男人、女人、小孩被杀戮。在塑像中，身负重伤的领导人被塑在纪念碑的顶端，一手握拳高举，一手执小提琴，历史的惨烈与艺术的浪漫于此融合在一起。1986年落成的《受启发的人群》（图111）可以看做是蒙特利尔的城市纪念碑。作品的创作源泉要追溯到1978年，那年秋天，他受到大自然天气阴晴云雨的变化的启发，萌生了创作变化的人体及面部表情，将人们受到暴力侵袭、面临死亡、裸露着的身躯从黑暗中站起来的

（图114）《蒸馏的历史》

等等情形都糅合在一起，有开心的笑容，也有痛苦的龇牙咧嘴。雷蒙·马松对于特定城市的感受和雕塑内涵与城市历史文化的有机统一在纪念碑雕塑创作中是特别强调的。

　　布鲁斯·阿姆斯图茨的《墨尔本登陆纪念》（图112）是对这个港口历史的回忆，倾斜的木桩上所悬挂的物品是当年最早的移民船上的物品，作为公共艺术作品，他所面对的环境与这个地方的历史和文化显得丝丝入扣。爱德华·契里达的《风之梳》（图113）立于西班牙圣沙巴希多洛西亚的海湾，在峻峭的岩石上，这些铁块体现了一种尖锐的对抗和坚忍不拔的反抗精神，锈迹斑驳的机械手，似乎让人回想起这里曾经发生过的故事。《蒸馏的历史》（图114）在城市的人行道上突然出现，这些早年酿造的器具，或许要告诉游人，这里有一段城市的往事，有一种不可忘怀的城市记忆。

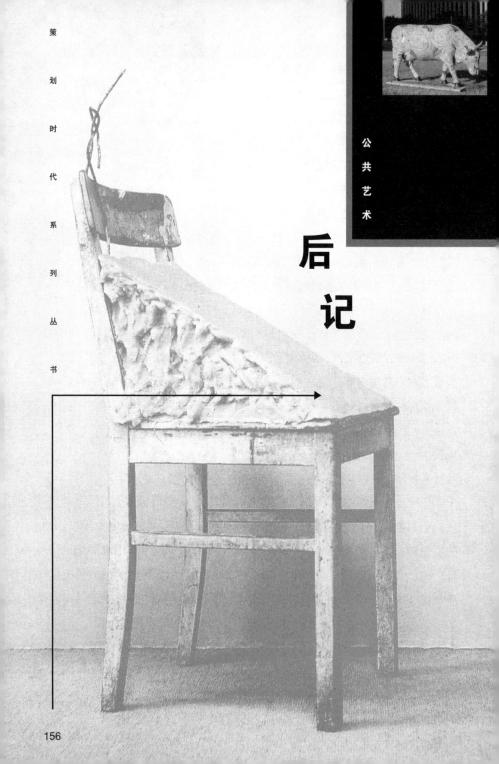

后记

"**公**共艺术"目前在中国是一个十分好用，但又没什么人替它负责的概念。因为工作的关系，近几年，我比较关注公共艺术的问题，也从事过公共艺术的尝试，我以为公共艺术在中国是一个"正在进行时"的概念，它的出现标志着转型期的中国社会正在发生着的某种变化。

我不同意时下对于公共艺术的一些简单化的理解，例如，将它等同于城市雕塑和环境艺术、景观艺术等等，如果这样理解，有没有这个概念并不是那么重要。现在，对公共艺术这种宽泛的理解似乎已经约定俗成，这让我尤其感到有陈述个人看法的必要。

近年来，我应邀到外地院校作过几次有关公共艺术的讲座，这本小册子的基本框架实际就是在准备讲座的过程中逐步形成的，当顾丞峰先生向我约这本《公共艺术时代》的书稿时，我几乎未加思索就应承下来，我以为在公共艺术的研究刚刚开始起步的时候，做一做这种初步的介绍工作是必要的。

客观地讲，主编给的交稿时间实在是不多，而我的习惯是"守时"，还好，总算是在规定的时间内完成了这本小册子。我要申明的是，出现在本书中的许多公共艺术的个案和佐证我观点的图片大多来自我能找到的一些国内外书籍和刊物以及互联网。特别是《世界美术》、《艺术世界》、《雕塑》、《现代艺术》、《美术研究》、《江苏画刊》、《美苑》等等，它们及时地反映和介绍了有关国内外公共艺术的情况，对本书的写作有很大的帮助。

这本书观点完全是一家之言，其中的每一个看法都是可以讨论的，我本人也正希望在不断的讨论、辩论中，推动中国公共艺术的理论和实践的发展。

孙振华

2002 年 7 月 28 日于深圳园岭新村八角楼

版式设计 王洪志